APOLOGUES

MODERNES,

A L'USAGE

DU DAUPHIN.

APOLOGUES
MODERNES,
A L'USAGE
DU DAUPHIN,
PREMIERES LEÇONS
DU FILS AINÉ
D'UN ROI.

Aux femmes & aux rois,
Il faut parler par Apologues.

A BRUXELLES.

1788.

PREMIÈRES LEÇONS DU FILS AINÉ D'UN ROI.

Par un Député présomptif aux futurs Etats-Généraux.

Aux femmes & aux rois,
Il faut parler par Apologues.

A BRUXELLES.
1789.

APOLOGUES *MODERNES.*

PREMIERE LEÇON.

PROMÉTHÉE.

JUSQU'APRÉSENT les mythologues ont mal raconté l'hiſtoire allégorique de Prométhée. Voici le fait : Cet ingénieux artiſte de l'antiquité ayant pétri de l'argile dans de l'eau, en compoſa pluſieurs figures d'hommes qu'il anima avec le feu élémentaire. Il ſe complaiſoit dans ſon ouvrage, comme un pere dans ſes enfans. Tout alla d'abord aſſez bien. Mais un jour, en rentrant dans ſon attelier, quel ſpectacle s'offre aux yeux de Prométhée. Ces hommes à qui il avoit donné une même exiſtence, & qu'il avoit formé du même limon, ſe prirent de querelle entr'eux pendant ſon abſence : en ſorte qu'ils s'étoient battus & mutilés les uns les autres. Ils avoient fait pis encore. Quelques-uns profitant du déſordre général, ſoit par ruſe, ſoit par force ou autrement, s'étoient ſoumis leurs ſemblables au point que ceux-ci, proſternés à leurs pieds, oſoient à peine lever les yeux, & leur obéiſſoient au premier geſte. Que vois-je ! dit Prométhée en fureur. J'avois cru faire des hommes, & non des eſclaves & des maîtres. Maudite engeance ! Je vous avois créés tous égaux. Avec le ſouffle de la vie, je vous avois animé auſſi de l'eſprit de la liberté ! Vous avez donc laiſſé éteindre ce flambeau. Allez ! Je vous renie pour mes enfans. Je vous abandonne à votre mauvaiſe deſtinée, & me répens de mon ouvrage.

Prométhée les quitta en effet, & ſe retira ſur le Mont-Caucaſe. Mais ſon cœur emporta avec lui le trait qui l'avoit déchiré. Le remords d'avoir donné naiſſance à des eſclaves, en créant les hommes, le conſuma lentement & lui fit ſouffrir une douleur pareille à celle que ſouffriroit un malheureux dont les entrailles renaîtroient, laſcérées ſous la dent d'un vautour.

LEÇON II.

LE TOCSIN.

EN ce tems-là ; un étranger, en entrant dans la capitale d'un grand Empire, entendit ſonner pendant long-tems le tocſin. Il interrogea les gens de la ville pour ſavoir quel malheur étoit arrivé. Y auroit-il quelque part un incendie ?

Non, lui répondit quelqu'un ; mais nous célébrons la naiſſance d'un prince qui peut-être un jour, ajouta-t-il à voix baſſe, ſera un incendiaire. La même cloche devoit ſervir à annoncer deux événemens à-peu-près ſemblables. Il y a cependant cette différence entr'eux : c'eſt qu'on a établi des corps de pompes pour éteindre les incendies ; mais on n'a pas encore promulgué un corps de loix pour arrêter les incendiaires.

LEÇON III.

L'ÉPREUVE.

EN ce tems - là ; il étoit un roi orgueilleux qui se croyoit pétri d'un autre limon que ceux qui vouloient bien lui obéir. Le sénat, placé entre lui & le peuple pour servir de médiateur, s'assembla, & convint de lui faire une remontrance à ce sujet. La reine étoit enceinte, & prête d'accoucher. Un vieux magistrat se leva du milieu de l'assemblée, & proposa l'expédient suivant, pour corriger le prince. Au moment de la naissance de l'enfant royal, on présentera au pere trois enfans nés à la même heure, & on lui laissera le soin de choisir quel est le sien. On lui dira en même-tems que, puisque les rois & leurs successeurs naissent pour le trône, pétris d'un autre limon que le reste de leurs sujets, il n'aura point de peine à distinguer l'enfant royal qui lui appartient. Le roi furieux, mais fort embarrassé, hésita long-tems, & choisit enfin pour son fils le fils du concierge du château. Alors le chef du sénat lui dit : Si l'œil du pere balance, & même se trompe sur le choix de son propre enfant, avouez, prince, que le fils du pâtre naît l'égal du fils du roi; qu'un homme ne peut ſe dire roi-né; qu'il ne ſort pas du ventre de ſa mere, tout coëffé d'une couronne; que c'eſt le peuple qui la confie à qui bon lui ſemble; en un mot, qu'un ſouverain n'eſt que *primus inter pares.*

LEÇON IV.

LE ROI GARDEUR DE COCHONS.

EN ce tems-là; un jeune roi étoit enclin à la débauche, même à la crapule; c'étoit un vice héréditaire. Les états-généraux, tuteurs-nés du ſouverain, qui n'étoit jamais émancipé pour eux, s'aſſemblerent & concerterent un moyen de corriger le jeune prince. Un jour qu'il s'étoit livré tout entier à ſon penchant ignoble, plongé dans un profond ſommeil, on ſe ſaiſit de ſa perſonne royale; & de ſon palais, on le tranſporta tout endormi dans une étable, ſur une litiere. A ſon réveil, le jeune prince put à peine en croire ſes yeux. Il ne ſait s'il rêve encore. Il ne retrouve plus ſon trône, ſa couronne, ſon ſceptre, ni ſes maîtreſſes pour le careſſer, ni ſes valets pour le ſervir, ni ſes flatteurs pour l'exciter à de nouveaux excès. Il veut commander; des pâtres prévenus accourent à ſa voix, & le traitent ſur le pied de la plus parfaite égalité. En vain le prince menace & réclame ſon autorité. On l'accuſe d'avoir la tête aliénée, & on l'entraîne, malgré lui, à la garde du plus vil des troupeaux. Enfin, après quelques jours de cette épreuve, on ſaiſit un moment de ſommeil pour le replacer ſur ſon trône. Le Prince ne fut point tout-à-fait dupe de tout cela ; mais il n'eut pas le bon eſprit de profiter de la leçon tacite. Il retomba bientôt dans ſon vice héréditaire. Alors les états-généraux conclurent à le dépouiller tout-à-fait de ſa dignité, pour laquelle il ne paroiſſoit pas né ; & le condamnerent, tout de bon, à paſſer le reſte de ſes jours au milieu du vil troupeau dont il avoit les mœurs.

LEÇON V.

LE ROI NAIN.

EN ce tems-là ; un prince ſouverain mettoit ſa vanité à ne compoſer ſon nombreux domeſtique que de valets de la plus haute taille. Il n'eut qu'un fils, lequel avoit une ſtature qui n'étoit préciſément élevée qu'autant qu'il en falloit pour qu'il ne fût pas tout-à-fait un nain. A la mort de ſon pere, le fils régnant à ſon tour, ſignala les premiers jours de ſon regne par ſubſtituer un peuple de nains à tous ces grands valets qui bleſſoient depuis trop long-tems ſa vue & ſon amour-propre. Ne voyant autour de lui que de petits hommes, il ne tarda pas à oublier qu'il y en avoit de plus grands que lui, qui en effet étoit le plus haut de tous ceux qui le ſervoient. Malgré toutes les précautions qu'on prenoit pour qu'il ne ſe préſentât à ſes yeux que des hommes encore plus petits que lui, un grand homme vint à bout de pénétrer dans ſon palais, & juſqu'en ſa préſence. Il fut traité de *monſtre*, & mis comme tel dans la ménagerie du prince.

LEÇON VI.

LEÇON D'ARCHITECTURE.

COMMENT appelle-t-on ces figures humaines qui ſervent de colonnes pour ſoutenir l'architrave de ce palais ? demanda un jour un jeune prince à ſon gouverneur.

On les appelle *Cariatides*.

Que veut dire ce mot ?

C'eſt le nom des habitans de la Carie.

Pourquoi avoir donné cette forme & ce nom à ces pilaſtres?

Pour éterniſer le châtiment de ce peuple traître, qui s'étant ligué avec les Perſes contre ſes freres, les autres Grecs, fut paſſé au fil de l'épée; on réduiſit les femmes en ſervitude.

Les architectes modernes, qui n'avoient pas le même motif que les anciens de conſerver cet ordre, en firent cependant uſage dans une autre intention. Comme ces figures coloſſales ne s'emploient ordinairement qu'aux palais des rois, les rois ne peuvent jetter les yeux ſur leurs palais, ſans réfléchir que leurs ſujets reſſemblent aux Cariatides qui ſoutiennent le balcon où ils ſe promenent. Si la charge eſt trop lourde, le peuple ploye & ſe briſe; mais, dans ſa chûte, il entraîne ceux qui peſoient ſur lui.

LEÇON VII.

LEÇON D'ARITHMÉTIQUE.

En ce tems-là; un jeune roi très-jeune en étoit encore aux élémens de l'arithmétique. Son maître de mathématiques, qui n'étoit point un courtiſan, lui donna un jour cette leçon.

Un roi, par exemple, eſt dans ſon royaume, comme l'unité : s'il ſe trouvoit tenté de ne regarder chacun de ſes ſujets que comme un zéro, on pourroit lui faire obſerver que ce ſont les zéros qui donnent une valeur à l'unité. Plus on les multiplie, plus l'unité compte. L'unité, réduite à elle-même, ne feroit rien. Elle leur doit tout ce qu'elle vaut. Il y a pourtant cette différence importante entre les zéros en politique & les zéros en arithmétique, c'eſt que les derniers ne peuvent entrer en compte ſans l'unité qui leur donne une exiſtence, & de laquelle il ne peuvent ſe paſſer. Les premiers, au contraire, font tout pour l'unité qui ne fait preſque rien pour eux.

LEÇON VIII.

LA LEÇON D'ARMES.

EN ce tems-là ; un roi apprenoit à faire ce qu'on appelle des armes, & il n'étoit pas des plus adroits ; preſque toutes les fois qu'il s'eſcrimoit, il ſe bleſſoit lui-même, ou bleſſoit ceux contre qui il tiroit. Quelqu'un préſent à ſes exercices, oſa bien lui dire un jour :

Prince, croyez-moi, défaites-vous de votre

ſceptre, comme de votre épée; car il eſt encore bien plus difficile de porter l'un que de manier l'autre; & les coups de mal-adreſſe ſont d'une bien plus grande conſéquence.

LEÇON IX.

COURS D'ANATOMIE.

EN ce tems-là; un jeune roi, enclin au deſpotiſme, parut deſirer faire ſon cours d'anatomie. Le ſénat ordonna qu'on lui en feroit les démonſtrations ſur le ſquelette d'un tyran nagueres décapité juridiquement. Le jeune prince en fut prévenu dès les premieres leçons; & ce cours lui valut un traité de morale.

LEÇON X.

L'ÉLEVE EN CHIRURGIE.

EN ce tems-là; un jeune Roi, qui ne reſpiroit que la guerre, fut fait priſonnier. Le vainqueur généreux, pour toute ſatisfaction, obligea le jeune prince captif d'aſſiſter, en qualité d'éleve, au panſement d'un hôpital d'armée : puis on le renvoya à ſes ſujets, qui applaudirent tout bas à la leçon.

LEÇON XI.

LA STATUE RENVERSÉE.

EN ce tems-là ; un prince ombrageux ſe promenant dans une place publique de ſa capitale, apperçut ſa ſtatue renverſée.

Quel eſt le téméraire qui m'a fait cet outrage ? Qu'il meure !

Prince, lui répondit-on, c'eſt le tonnerre.

LEÇON XII.

LES DEUILS DE COUR.

EN ce tems-là : j'entrai un jour dans la capitale d'un grand empire. Les habitans étoient en deuil. Hommes & femmes, tous étoient vêtus de laine. La ſoie, l'or & les pierreries avoient diſparu. Juſqu'aux armes, tout avoit pris la livrée de la triſteſſe. Inquiet de ce ſpectacle, je pris des informations !

De quelle calamité la ville eſt-elle affligée, ou menacée ? A-t-elle perdu ſon roi, ſa reine, quelques-uns des princes de la race impériale ? Et ces princes valent-ils les frais & les incommodités du deuil ?

Non, me répondit un citoyen. Un ſouverain du fond du nord vient de mourir, & on porte ſon deuil.

Il a donc rendu de grands ſervices à la nation ?

Au contraire, il lui a enlevé une province entiere, & n'a accordé la paix que faute de combattans.

Et c'eſt pour un tel prince qu'un peuple étranger au mort, couvre ſes habits de *pleureuſes !* En ce cas, que fait-il, quand il a perdu ſon propre roi, ou quelques grands hommes ?

Le plus grand philoſophe eſt mort à la même époque ; mais, loin de lui accorder les honneurs d'un deuil public, on refuſa à ſes mânes ceux de la ſépulture.

LEÇON

LEÇON XIII.

L'IMPÔT SUR LE SOMMEIL.

IL étoit une fois un roi (c'eſt ainſi qu'en ce tems-là on étoit convenu par décence d'appeller un tyran). Il étoit un roi qui propoſa, en plein conſeil, un prix à celui qui imagineroit quelque nouvel impôt. On en avoit déjà tant créé, que le cerveau le plus fécond des plus intrépides miniſtres de la finance étoit épuiſé. Un des membres du conſeil opina pour lever un impôt ſur l'ombre que donnent les arbres aux pauvres gens de la campagne. Le roi, émerveillé d'une telle invention, ſe préparoit déjà à couronner l'inventeur, & même à lui donner la régie de ce nouveau droit, lorſqu'un autre conſeiller ſe leva, & dit : mais, quand il ne fait plus de ſoleil, & ſur-tout en hiver, il ſeroit auſſi par trop injuſte de faire payer l'ombre même dont on ſeroit privé; il faut de l'équité en tout. Je ſerois plutôt d'avis de lever une impoſition ſur le ſommeil (1); taxe d'autant plus importante, qu'on dort tous les jours, & qu'en ou-

(1) L'empereur Veſpaſien mit un impôt ſur les urines.

tre, dans un cas urgent, ſa majeſté pourroit ordonner à ſes ſujets l'uſage des narcotiques.

Sa majeſté leva les mains au ciel, en admirant toute l'étendue, toutes les reſſources du génie de l'homme, & fit ſon favori du conſeiller qui avoit ſi heureuſement opiné.

LEÇON XIV.

LES TROIS GAMBADES.

EN ce tems-là : un ſage, député de ſa province auprès du ſouverain, pour en obtenir la ceſſation d'un impôt, fut admis à l'audience à ſon tour. Le ſouverain, bien jeune encore, répondit à la requête en ces termes :

Je vous accorderai tout ce que vous me demandez, ſi vous conſentez à déroger, pour un moment, à la gravité de votre perſonnage, en vous réſolvant à faire trois gambades en préſence de toute ma cour.

Le notable répliqua :

Prince ! je ne ſuis pas plus familiariſé avec les gambades d'un ſinge, qu'avec les courbettes d'un courtiſan. Puiſque l'impôt ne tenoit qu'à cela, les gens de votre ſuite m'acquitteront de reſte. Mais choisissez de commander à des hommes, ou à des singes. Le même roi ne peut l'être des uns & des autres à la fois.

LEÇON XV.

LA LAMPE ET L'HUILE.

EN ce tems-là : un jeune souverain, ami du faste, multiplioit tous les jours les impôts. Le sénat lui fit enfin des remontrances; il se contenta de répondre :

Pour éclairer, la lampe a besoin d'huile.— Sans doute, reprit courageusement le chef de la magistrature; mais il ne faut point d'huile par-dessus les bords de la lampe : il suffit que la mêche en soit imbibée; elle s'éteindroit, si elle en étoit inondée.

LEÇON XVI.

LA REMONTRANCE.

EN ce tems-là ; un jeune prince, oubliant les principes de son éducation, à peine monté sur le trône, vouloit envahir une petite province qui touchoit à ses frontieres, & dont les habitans, à l'abri sous les haillons de la pauvreté, avoient jusqu'alors vécu libres.

L'ancien gouverneur du nouveau monarque, instruit des mauvais desseins qu'on lui suggéroit, résolut de faire usage de l'ascendant que le tems n'avoit pas encore pu lui faire perdre sur l'esprit de son éleve. Il le pria de l'accompagner sur le sommet d'une haute montagne qui dominoit le palais impérial. Arrivés-là tous deux, le gouverneur dit à son éleve : remarquez-vous combien les objets d'ici perdent de leur volume. Vous avez les yeux moins fatigués que les miens ; dites-moi si vous appercevez le petit canton contre lequel vous vous proposez de conduire une partie de votre armée.

Non, mon ami, dit le jeune prince. Je vous avoue que je ne puis le distinguer. Il est comme perdu dans la foule des objets qui s'offrent ici à nous de toutes parts.

O mon auguste éleve, reprit le gouverneur ; la conquête d'un petit coin de terre, à peine sensible, peut-elle avoir assez de charmes, peut-elle devenir un objet assez important pour votre gloire ? Cette conquête ajoutera-t-elle un fleuron de plus à votre couronne ? Croyez-moi, laissez en paix vos voisins ; souffrez qu'ils vivent libres, à l'ombre de votre trône ; & ne convertissez pas pour eux votre sceptre en verge de fer. Ils perdroient tout, & vous n'y gagneriez preſque rien.

LEÇON XVII.

LA CONSULTATION.

EN ce tems-là : un ſouverain jeune encore conſulta un philoſophe en ces termes : qui m'empêcheroit de prétendre aux honneurs divins ? Un homme, comme moi, le mérite peut-être tout autant que les animaux & les plantes de l'Égypte & d'ailleurs. Ainſi donc, un édit proclamé aujourd'hui me vaudra demain des autels & de l'encens.

Prince ! lui répondit l'ami de la ſageſſe, croyez-moi, les plantes & les animaux ont joui des honneurs divins en Égypte, peut-être parce qu'ils ne les ont pas demandés aux hommes. Car il ſe pourroit bien que les hommes fuſſent auſſi avares d'encens exigé ou mérité, qu'ils ſont prodigues d'encens volontaire & gratuit.

LEÇON XVIII.

LES TROUS ET LES TACHES.

EN ce tems-là : un philoſophe fut un jour mandé à la cour. C'eſt bien ici le cas, dit-il en partant, de prendre mon manteau. De ſon côté, le prince, pour le recevoir, s'étoit auſſi revêtu du ſien, afin de lui en impoſer davantage.

En préſence l'un de l'autre, le roi dit au philoſophe, après l'avoir examiné de la tête aux pieds :

Homme ſage ! votre manteau a des trous.

Le ſage, examinant le roi à ſon tour, lui répliqua :

Prince, le vôtre a des taches.

LEÇON XIX.

LA MÉPRISE.

EN ce tems-là : un ſage fut mandé au palais d'un ſouverain. Il y va. Les portes des appartemens étoient ouvertes. Il entre jufqu'à ce qu'il rencontre à qui parler. Il s'arrête & converfe avec deux ou trois perfonnages couverts d'or. Après quelques momens d'entretien, il leur dit : Le tems m'eft cher, faites-moi parler à votre maître. -- Le fage s'étoit mépris ; au maintien & au langage du maître & de fes courtifans, il les avoit pris pour des valets.

LEÇON XX.

LE LEVER DU ROI.

EN ce tems-là : un fage, fous les dehors d'un courtifan, fut admis au lever d'un roi. Quand fon tour d'amufer fa majefté fut arrivé, il lui dit : Il étoit une fois un roi qui, à fon avénement au trône, fit enlever de l'intérieur de fon palais toutes les horloges & autres inftrumens propres à marquer le tems. Il partagea fa befogne de roi en vingt-quatre parties égales ; vingt-quatre miniftres choifis & éprouvés venoient tour-à-tour lui annoncer l'heure de la journée, en lui propofant un nouveau travail.

Ce fouverain ne dormoit donc pas, dit au conteur fa majefté écoutante ?

Non, prince! ce roi ne dormoit point. Il penſoit que, pour être bon roi, il falloit avoir la faculté de ne point dormir.

Mais cela eſt impoſſible, reprit ſa majeſté écoutante. Je n'aurois point accepté la couronne à ce prix. Regner, pour ne point dormir! ...

Auſſi, répliqua le faux courtiſan, ce n'eſt qu'un conte à dormir debout que je fais à ſa majeſté.

LEÇON XXI.

LES SPECTACLES DE LA COUR.

UN ſouverain nourriſſoit ſes hiſtrions avec le pain de ſes pauvres ſujets; il faiſoit plus : il contraignoit ſes pauvres ſujets à jeun à venir applaudir aux chants & aux geſtes de ſes virtuoſes engraiſſés de leurs ſueurs. Un jeune étranger, témoin des fêtes brillantes qui ſe donnoient à la cour du roi, s'en retournoit émerveillé. Le bon prince, s'écrioit-il! Il daigne partager ſes plaiſirs avec tout ſon peuple. Oui, dit quelqu'un, cette nation ſeroit la plus heureuſe de la terre, ſi elle n'avoit que des yeux & des oreilles : il ne lui manque que du pain.

LEÇON XXII.

LES RÉJOUISSANCES PUBLIQUES.

EN ce tems-là : c'étoit la fête du roi; il fit afficher des placards dans tous les carrefours de chaque ville de ſon empire :

Aujourd'hui, fête du monarque; deux fontaines de vin couleront dans toutes les places publiques, depuis le lever du jour juſqu'au milieu de la nuit. Que notre bon roi eſt généreux ! diſoit le peuple.

Un homme, qui ſe trouvoit pour lors dans la foule, s'écria :

Malheur au peuple dont le roi eſt généreux ! Le roi ne peut donner que ce qu'il a pu prendre à ſon peuple. Plus le roi donne, plus il a pris au peuple. On n'eſt point avare du bien d'autrui.

LEÇON XXIII.

VERSAILLES ET BICÊTRE.

EN ce tems-là : c'étoit la fête d'un prince; il avoit daigné ouvrir au peuple les portes de ſon palais ; & les plébéiens s'y précipitoient en foule. Ils n'avoient pas assez d'yeux, ils ne les avoient pas assez grands, pour voir & admirer la magnificence & la richesse des ameublemens. Ils osoient à peine poser le pied sur les tapis précieux ; & ils se gardoient bien d'approcher trop près des glaces, dans la crainte de les ternir par leur haleine. Un homme, au milieu de la foule, étudioit en silence les passions diverses du cœur humain. L'admiration stupide de tous ces individus l'indigna à la longue ; il ne put s'empêcher de leur dire, en haussant les épaules :

Eh ! mes amis ! ne vous extasiez pas tant sur le sort du maître de ce palais. Rien ici n'est à lui. Il n'est heureux que de vos bienfaits ; il ne vit que d'emprunts. Qui est-ce qui lui a coulé ces glaces superbes ? Ce sont des manufacturiers pris d'entre vous. Qui est-ce qui lui a sculpté ces lambris ; qui est-ce qui les a revêtus d'or ? Ce sont des artistes pris d'entre vous. Qui est-ce qui lui a dressé ce lit voluptueux ? Ce sont des ouvrieres habiles d'entre vous. Qui est-ce qui a tiré de la carriere les matériaux qui composent ce temple du luxe ; qui est-ce qui les a taillés & posés à leur place ? Ce sont des gens robustes d'entre vous. Si chacun de vous emportoit d'ici son ouvrage, le maître de céans se trouveroit plus pauvre & plus embarrassé que chacun de vous. Il vous donne du pain pour toute cette besogne. Mais pourquoi en mange-t-il plus que vous, & de meilleur que le vôtre; & pourquoi ne le gagne-t-il pas comme vous à la ſueur de ſon front? Il eſt votre égal, & il croit vous faire une grace, & s'acquitter, en vous admettant dans ce palais bâti par vous..... Voilà, mes amis, ce qui devroit vous ébahir.....

LEÇON XXIV.

WESTMINSTER.

LES rois d'Angleterre ſont couronnés & inhumés à l'abbaye de Weſtminſter. C'eſt une aſſez bonne leçon qu'on pourroit donner aux monarques, que de leur faire remarquer ce rapprochement dans lequel peut-être on n'a mis aucune intention; mais il faut profiter de tout, pour faire naître des penſées ſalutaires dans l'eſprit aride ou récalcitrant de la plupart des rois. On pourroit donc leur dire : Princes! ſongez que là où vous prenez la couronne, vous devez la dépoſer, peut-être plus vîte que vous ne penſez. Mais n'attendez pas ce moment pour la nétoyer des ſouillures que vous auriez pu lui faire contracter. Sur-tout ne la teignez pas du ſang de vos peuples. Tôt ou tard, vous en ſeriez puni; craignez que le peuple, las de ſouffrir un roi deſpote, tandis qu'il peut ſe paſſer même d'un bon roi, ne vous remene au lieu où il vous a couronné; mais s'il vous y mene une fois, ſongez que ce ſera pour n'en jamais ſortir.

LEÇON XXV.

LA STATUE D'ALEXANDRE.

EN ce tems-là : quelqu'un fatigué d'une longue courſe dans un parc d'une vaſte étendue, s'aſſit ſur une ſtatue renverſée. Ce ne fut qu'en ſe levant qu'il s'apperçut qu'il s'étoit repoſé ſur la ſtatue d'Alexandre. Je ne m'attendois pas, s'écria-t-il, que je devrois un moment de repos au plus grand perturbateur du genre humain.

LEÇON XXVI.

L'UTILITÉ DES STATUES D'UN TYRAN.

EN ce tems-là : un mauvais roi ſe fit dreſſer une ſtatue coloſſale; & ſes ſujets, épuiſés d'impôts, murmuroient toutes les fois qu'ils passoient au pied de ce monument. Quelqu'un, voyageant vers le milieu du jour, se reposa sur les degrés du piedestal, à l'ombre de la statue, & dit assez haut pour être entendu : Béni le prince dont l'effigie seule est déjà un bienfait. --- C'est un tyran, lui répondit un citadin à l'oreille, & ce bronze est composé de la dépouille du pauvre. --- Le voyageur répliqua, en se levant : le méchant même a donc aussi son heure pour être bon.

LEÇON XXVII.

LE RASOIR.

EN ce tems-là : un barbier rasoit un roi, & le faisoit souffrir. Le prince se plaignit. Le barbier lui dit : Seigneur, je me sers pourtant de la même lame dont vous daigniez me vanter vous-même hier la bonté. --- N'importe, reprit le roi ; puisqu'elle me fait mal aujourd'hui, il faut en changer. --- Il fut obéi, & ne souffrit plus.

Sa toilette n'étoit pas encore achevée, qu'un courier hors d'haleine fut admis en sa présence. Prince, une de vos provinces du nord, révoltée du nouvel impôt, a brisé vos images, & s'est élu un autre ſouverain que vous. Le roi, à ce récit, ſe mit d'une colere difficile à peindre. Qu'on les paſſe tous au fil de l'épée ! Les rébelles ! Les ingrats ! Ils ne ſe ſouviennent donc plus du bien que je leur ai fait à mon avénement au trône.

Prince, reprit à demi-voix quelqu'un qui ſe trouvoit-là par haſard, & qui ne tenoit pas beaucoup à la vie, c'eſt l'hiſtoire de votre raſoir, que vous rejettez aujourd'hui, parce qu'il ne vous paroît pas auſſi bon qu'hier. Les hommes ſans doute ont le droit de changer de roi, comme vous de raſoir.

LEÇON XXVIII.

VISION.

L'ISLE DÉSERTE.

EN ce tems-là : revenu de la cour, bien fatigué, un viſionnaire ſe livra au ſommeil, & rêva que tous les peuples de la terre, le jour des ſaturnales, ſe donnerent le mot pour ſe ſaiſir de la perſonne de leurs rois, chacun de ſon côté. Ils convinrent en même-tems d'un rendez-vous général, pour raſſembler cette poignée d'individus couronnés, & de les réléguer dans une petite iſle inhabitée, mais habitable; le ſol fertile n'attendoit que des bras & une légere culture. On établit un cordon de petites chaloupes armées pour inſpecter l'iſle, & empêcher ſes nouveaux colons d'en ſortir. L'embarras des nouveaux débarqués ne fut pas mince. Ils commencerent par ſe dépouiller de tous leurs ornemens royaux qui les embarraſſoient; & il fallut que chacun, pour vivre, mit la main à la pâte. Plus de valets, plus de courtiſans, plus de ſoldats. Il leur fallut tout faire par eux-mêmes. Cette cinquantaine de perſonnages ne vécut pas long-tems en paix; & le genre humain, ſpectateur tranquille, eut la ſatisfaction de ſe voir délivré de ſes tyrans par leurs propres mains.

LEÇON XXIX.

LES CHAINES DE FER ET LES SOCS DE CHARRUE.

EN ce tems-là: un tyran ſoupçonneux avoit fait forger tant de chaînes, qu'il reſtoit à peine aſſez de fer pour les ſocs des charrues. Afin de le lui apprendre, on ne ſervit un jour ſur ſa table que du gland apprêté de toutes les manieres. Le prince furieux en demanda la raiſon. On lui répondit qu'on ne pouvoit labourer la terre avec des chaînes de fer. --- Eh bien ! qu'on les faſſe d'or : pourvu que j'aie des eſclaves, n'importe à quel prix. --- Il vous en coûteroit moins pour avoir des amis, lui répliqua-t-on.

LEÇON XXX.

CONTE DE FÉE.

EN ce tems-là : il étoit une fois un roi qui aſſembla un jour ſon peuple, pour lui dire :

Mes amis, mes prédéceſſeurs n'ont pas tous été de bons rois ; mes ſucceſſeurs probablement ne ſeroient pas tous de bons rois. D'après ma propre expérience, je m'apperçois que le roi le mieux intentionné n'eſt pas néceſſaire aux hommes, ſes ſemblables, ſes égaux ; leſquels peuvent très-bien ſe conduire eux-mêmes, puiſqu'ils ne ſont plus des enfans. Ainſi donc, ſans vous gêner pour me faire un état convenable à mon rang, ſans vous expoſer davantage à des ſouverains pires que moi, rentrons chacun chez nous. Que chaque pere de famille ſoit le roi de ſes enfans ſeulement. Je veux vous montrer l'exemple. Reprenez ce que j'ai de trop, à préſent que je ne ſuis que chef de maiſon ; & diſtribuez le ſuperflu aux peres de famille qui n'ont pas aſſez.....

LEÇON

LEÇON XXXI.

PRÉDICTION VÉRITABLE ET REMARQUABLE.

EN ce tems-là : dans la capitale d'un grand empire, le luxe, l'égoïſme, la dureté, l'impudence de la claſſe la moins nombreuſe des habitans, c'eſt-à-dire, des maîtres, étoient portés à un point, que la claſſe la plus nombreuſe, c'eſt-à-dire, celle des valets, ou de tous ceux qui ſervent chez les riches & les grands, après une patience dont la durée indignoit même le ſage, ceſſerent tout-à-coup & de concert leurs travaux & leurs ſervices. Les maîtres, qui ne ſoupçonnoient le peuple, pas même capable de la plus humble réclamation, dirent à leurs valets d'un ton encore plus haut qu'à l'ordinaire : canaille ! à votre devoir ! obéiſſez donc ! ſervez-nous ! — Votre regne eſt paſſé... répondit le plus éloquent d'entre le peuple. *Mes amis !* continua l'orateur. Un moment !... Ceux que vous appelliez vos valets forment les trois quarts des habitans de cette ville ; & ceux que nous appellions nos maîtres, n'en compoſent que le quart. Mes amis ! nous ſavons au moins compter jusqu'à quatre; & la science du calcul mene droit à la liberté. Prenez garde à trois contre un. La partie, comme on dit, n'est pas égale. Craignez que les plus forts n'usent envers vous de représailles, & ne vous infligent la peine du talion... Rassurez-vous cependant. Nous voulons bien, par une équité pleine de modération, expier l'avilissement volontaire où nous avons eu la lâcheté de végéter jusqu'à ce jour. Nous ne rendrons pas le mal pour le mal; mais nous vous rappellerons que jadis nous étions tous égaux; que même encore au tems d'Homere, Achille faisoit sa cuisine, & les princesses, filles des rois, couloient la lessive. On appelloit ce tems-là l'*âge d'or* ou *siecles héroïques*. Nous avons encore lu que c'étoit pour en constater l'existence, & pour consoler le peuple des droits qu'il avoit perdus, quand le siecle d'or fit place à l'âge d'airain, que les Romains instituerent les Saturnales. Pendant trois jours, nous ne nous ferons pas servir à notre tour par ceux que nous servions toute l'année; mais notre intention est de rétablir pour toujours les choses sur leur ancien pied, sur l'état primitif; c'est-à-dire, sur la plus parfaite & la plus légitime égalité. Ainsi donc, nos chers amis, nos freres, nos égaux, nos semblables, oublions le passé. Pardonnez-nous notre bassesse; nous vous pardonnons vos abus d'autorité! Mettons la terre en commun, entre tous ses habitans. Que s'il se trouve parmi vous quelqu'un qui ait deux bouches & quatre bras, il eſt trop juſte, aſſignons-lui une double portion. Mais ſi nous ſommes tous faits ſur le même patron, partageons le gâteau également. Mais en même-tems, mettons tous la main à la pâte. Que chacun rentre dans ſa famille; qu'il y ſerve ſes parens; qu'il y commande à ſes enfans; & que tous les hommes d'un bout du monde à l'autre ſe donnent la main, ne forment plus qu'une chaîne compoſée d'anneaux tous ſemblables, & crions d'une voix unanime : vivent l'égalité & la liberté. Vivent la paix & l'innocence. ---

--- Si je n'ai pas été devin, j'ai au moins été prophete. Hélas! depuis long-tems je ne ſerai plus rien, quand mes ſemblables redeviendront quelque choſe.

Tout ceci n'eſt qu'un *conte*, à l'époque où je le trace. Mais je le dis en vérité; il deviendra un jour une *hiſtoire*. Heureux ceux qui pourront reconfronter l'une à l'autre.

LEÇON XXXII.

LE JEU DU VOLANT.

EN ce tems-là; deux ſouverains en guerre, étant convenus d'une treve, ſortirent chacun de leurs camps, & ſe donnerent réciproquement une fête, en préſence des deux armées. Après avoir perdu leur tems à divers amuſemens plus puérils les uns que les autres, ils s'aviſerent de jouer au volant; auquel jeu ils ſe montrerent très-experts. Le peuple d'applaudir le nombre des coups & l'adreſſe des deux joueurs couronnés à ſe renvoyer l'inſtrument emplumé. Imbécilles! (dit une voix aux ſpectateurs), riez donc de votre image. C'eſt ainſi qu'on vous balotte, juſqu'à ce qu'on ne puiſſe plus ſe ſervir de vous, & qu'on vous ait mis en pieces. Car vous êtes le volant des rois. Leurs miniſtres en ſont les raquetres plus ou moins élaſtiques, & qui doivent ſuivre l'impulſion de la main qui les guide. Quand la raquette a les mouvemens trop durs, on la change, on la troque; mais le peuple ne s'en trouve pas mieux, & n'en eſt pas moins le paſſetems de ſes chefs.

LEÇON XXXIII.

LE TYRAN TRIOMPHATEUR.

En ce tems-là; une nation nombreuſe, policée, inſtruite, mais pacifique, avoit pour roi un tyran. Celui-ci, enhardi par ſes premiers ſuccès, & regardant chacun de ses sujets comme autant de bêtes de somme, se dit un jour à lui-même : Ils ont porté tel, tel, & encore tel impôt, ils en pourront porter bien d'autres. Le despote, en conséquence, fait annoncer une contribution nouvelle, plus exorbitante que les précédentes. La nation cette fois ne put s'empêcher de murmurer, & même fit résistance. Le tyran, qui ne s'attendoit pas à un événement qui lui paroissoit le comble de la hardiesse & de l'insubordination, & qui d'ailleurs n'étoit pas d'humeur à ployer, entra dans une fureur mal-aisée à peindre. Politique adroit, il avoit rassemblé aux environs de ses palais, & dans les carrefours des principales villes de son royaume, un grand nombre de soldats pour s'assurer indirectement, & sous le prétexte d'une discipline militaire plus exacte, de l'obéissance de ses sujets, en cas de besoin. Ses troupes lui étoient dévouées, parce qu'il avoit le plus grand soin d'elles ; il les combloit de privileges, les habilloit superbement, les nourrissoit bien ; & le peuple payoit tout cela : semblable aux enfans qu'on oblige à faire les frais de leur propre châtiment.

Le despote, dans sa rage aveugle, donne le signal à ses corps de troupes de se rassembler & de fondre sur la nation désarmée. (Les soldats n'ont plus de parens, du moment qu'ils sont au roi). Le peuple consterné ne vit d'autre parti à prendre que la fuite. Il se réfugia dans le sein des montagnes dont le pays abondoit, s'y disperſa, s'y cantonna par familles, & laiſſa toutes les villes, tous les bourgs, ſans aucun habitant. Les ſoldats, tentés par l'occaſion, (ils ne pouvoient l'avoir plus belle), mépriſerent les fuyards, pour piller à l'aiſe les tréſors qu'ils abandonnoient à leur merci; en ſorte que les palais du tyran merveilleuſement bien ſervi, ne furent point aſſez vaſtes pour contenir la dépouille de ſes ſujets. Son cœur treſſaillit de joie à cette vue; &, par reconnoiſſance, il fit part du butin à ceux qui le lui avoient ſi fidélement apporté. La premiere ivreſſe paſſée, il voulut jouir des honneurs du triomphe dans les plus belles villes de ſes États. Mais il n'y trouva perſonne pour en être le témoin; tout le monde avoit diſparu. Allez, dit-il à ſes ſoldats, allez leur dire que je leur pardonne; ils peuvent revenir habiter leurs maiſons; je ſuis ſatisfait d'eux. Ils m'ont abandonné leurs biens; qu'ils viennent en acquérir de nouveaux par de nouveaux travaux. Je les protégerai à l'ombre de mon ſceptre paternel. Les ſoldats ſans armes coururent ſur les traces de leurs compatriotes, & les exhorterent à quitter leurs montagnes, & à reprendre le chemin de la ville & de leurs foyers. ---- Nous ne ſortirons d'ici qu'en morceaux, répondirent-ils; diviſés par familles, ſans autre maître que la nature, ſans autres rois que nos patriarches, nous renonçons pour jamais au ſéjour des villes que nous avons bâties à grands frais, & dont chaque pierre eſt mouillée de nos larmes & teinte de notre ſang. Les ſoldats émus, & qui d'ailleurs n'avoient plus de curée à eſpérer, furent convertis à la paix, à la liberté ; réſolurent de demeurer avec leurs freres, & renvoyerent leurs uniformes au tyran qui les attendoit. Celui-ci, abandonné de tous, affamé au milieu de ſes tréſors, dans ſa rage impuiſſante ſe déchira de ſes propres dents, & mourut dans les tourmens du beſoin.

LEÇON XXXIV.

L'ÉPITAPHE.

EN ce tems-là ; un ſage lut un jour ces mots ſur une pierre tombale :

Cy-gît, enfin, un tyran!

Et plus bas :

Le peuple,
Las de ſouffrir,
Verſa le ſang de ce mauvais roi
Pour en écrire ſon épitaphe.

Si de pareils honneurs funebres attendoient tous les tyrans, la race en ſeroit bientôt épuiſée, dit le ſage, en continuant ſa route.

LEÇON XXXV.

LES HOCHETS.

UN roi de Siam, détrôné par un roi du Pégu, ſon voiſin, travailloit des mains pour vivre, en ſimple particulier, dans la ville d'Ava. Il exécutoit toutes ſortes de petits meubles & des uſtenſiles de ménage. Un Européen, qui ſavoit ſon hiſtoire, ne ſe laſſoit pas de le regarder taillant des hochets pour les petits enfans. Le roi de Siam détrôné le fit ſortir de ſon extaſe ſtupide, en lui diſant : Quand tu m'obſerveras plus long-tems, je n'ai pas changé de métier, en changeant de place. Le ſceptre n'eſt-il pas auſſi un hochet pour amuſer le peuple.

LEÇON XXXVI.

LE LIT DE JUSTICE DU SINGE.

EN ce tems-là ; un ſinge de la grande eſpece, qui ſervoit d'amuſement à un monarque, ſe gliſſa, avant e le ver de ſon maître, dans le garde-meuble de la couronne, s'y revêtit du manteau de pourpre, s'empara de la main de juſtice & du ſceptre; &, ainſi accoûtré, ſe promena gravement dans le palais, pénétra juſqu'à la ſalle du conſeil, & prit ſa place ſur le trône où il avoit vu une fois ſiéger le prince. Du plus loin qu'on apperçut Sa Majeſté, on ſonne l'alarme. Grande rumeur! Nouvelle importante! Le roi tenir le lit de juſtice ſi matin, ſans aucuns préparatifs, ſans ordres préliminaires! Il fait à peine jour. On ne ſait que penſer. Le roi eſt au conſeil, ſe dit-on l'un à l'autre. On mande auſſitôt les miniſtres, les officiers, les magiſtrats. On s'aſſemble enfin en tumulte; le chancelier prend ſa place aux pieds du monarque, & déjà fléchit le genou en terre devant lui, pour recevoir ſes volontés. En réponſe, le ſinge couronné, d'un coup de patte enleve la chevelure poſtiche du chef de la magiſtrature, & s'en couvre la nuque. Cependant le roi véritable, qui ne dormoit jamais d'un profond ſommeil, ſe leve en ſurſaut; &, à peine vêtu, court vers l'endroit où il entendoit du bruit. Quel ſpectacle pour lui & pour toute ſa cour; le ſinge, à la vue de ſon maître, de s'enfuir, la queue entre les jambes. Mais le ſouverain, dans un état difficile à peindre, de le faire pourſuivre, avec ordre de le fouetter juſqu'au ſang. Pourquoi le châtier? dit quelqu'un qui diſparut auſſitôt, il rempliſſoit dignement votte place, Sire. Et un pareil vice-gérent vous épargneroit bien des corvées, & peut-être bien des sottises.

Le manteau royal est un vêtement qui rarement va bien à la taille de ceux qui le portent, parce qu'on n'a pas eu le soin de prendre leur mesure, auparavant de le mettre sur leurs épaules. Comme on coupe en plein drap, on lui donne souvent tant d'ampleur, & il est si lourd, que ceux qui s'en habillent peuvent à peine marcher, s'y empêtrent les pieds, succombent sous le poids, & font les chûtes les plus graves ou les plus ridicules. Parfois aussi on lui fait contracter de mauvais plis difficiles à redresser. Ceux qui se couvrent de ce manteau en voient rarement la fin. Il passe sur bien des épaules, avant d'être usé! Avec ce manteau, on peut bien se passer de toutes les autres pieces d'une garde-robe. Car il dispense de la pudeur. Il est parfumé d'une essence qui porte au cerveau de tous ceux qui s'en approchent, & leur cause le délire.

LEÇON XXXVII.

LE TISON ROI.

En ce tems-là; un peuple, depuis nombre d'années, se voyoit gouverné par de mauvais rois efpece d'incendiaires, dont l'efprit turbulent portoit la flamme & le feu dans l'intérieur de l'empire & chez fes voifins. Le dernier de ces princes étant venu à mourir, le peuple s'affembla pour procéder à l'élection d'un fucceffeur. Un des notables élevant la voix, opina ainfi : Puifque jufqu'à préfent nous avons fi mal choifi, que ce tifon ardent foit couronné, & regne fur nous. Mais donnons-lui pour trône un feau plein d'eau.

LEÇON XXXVIII.

L'ÉCHANGE DES PRISONNIERS DE GUERRE.

EN ce tems-là ; deux rois puiffans étoient en guerre ; car ils étoient voifins. L'un d'eux fouffroit à fa cour le fou en titre d'office, dont fon prédéceffeur avoit créé la charge. Ce fou fut mis au nombre des prifonniers ; mais que fon maître en fut amplement dédommagé, en voyant arriver le roi, fon rival, chargé de chaînes ! Le vainqueur fit à fa guife les claufes du traité qui eut lieu ; & il montra beaucoup de modération. Car il offrit de rendre le roi, pourvu feulement qu'on lui rendît fon fou. Ces conditions de la paix firent hauffer les épaules aux politiques qui ne fe croyoient pas vus du roi. Mais celui-ci qui voyoit tout, fe contenta de leur dire :

Ma conduite qui vous paroît étrange, n'eſt que juſte. Pour ravoir mon fou, pouvois-je raiſonnablement donner autre choſe en échange, qu'un inſenſé ?

Le prince priſonnier, mis en liberté, eût mieux aimé donner la moitié de ſon royaume pour ſa rançon, (car rien ne coûte aux rois) plutôt que de ſubir une telle humiliation. Il mourut de dépit. Ses ſujets ſe réunirent aux ſujets de ſon rival heureux, qui dit alors à ſes courtiſans : Eh bien ! hauſſerez-vous encore les épaules ? Ma politique voit plus loin que la vôtre ; avouez-le.

LEÇON XXXIX.

LES FLECHES ET LES MOUTONS.

EN ce tems-là ; un prince avoit pour voiſin de ſes États un peuple diſperſé ſur une grande étendue de pays. Il leur propoſa de ſe raſſembler dans des villes, en leur offrant, pour leçon, l'exemple d'un faiſceau de fleches qu'on ne peut rompre, tant qu'elles ſont réunies. Votre force, leur fit-il dire par ſes envoyés, naîtra de votre union.

Un Ancien parmi ce peuple demi-ſauvage, fut chargé de répondre ; & voilà comme il s'y prit :

Nous convenons que rien ne peut brifer des javelots en paquet ; & qu'un enfant en viendroit à bout, en les prenant féparément ; mais, convenez, à votre tour, qu'il n'eft pas auffi facile de faire ce qu'on veut d'un peuple difperfé, que d'une nation qu'on a fous la main. Nous faifons ce que nous voulons du troupeau que nous renfermons dans l'enceinte d'une bergerie ; mais nous n'en pourrions pas dire autant des moutons errans dans la plaine ou fur la montagne.

LEÇON XL.

LES ASTÔMES.

EN ce tems-là ; une nation avoit pour roi un tyran, & pour voifins tributaires & vaffaux, une peuplade d'hommes fans bouche, & ne fe nourriffant que d'air. On leur envoya le tyran, pour régner fur eux. Ils l'accepterent, mais en même-tems ils lui firent entendre par fignes qu'un peuple qui n'avoit jamais faim, n'étoit pas aifé à être tyrannifé ; & qu'un fouverain qui avoit plus befoin de fes fujets, que fes fujets de lui, ne pouvoit fans rifque vouloir tyrannifer. Quand tu feras tenté d'abufer de ton pouvoir, lui dirent-ils dans leur langage, tu n'entendras pas de mur-

mures qui ne feroient pour toi qu'un vain bruit à l'importunité duquel ton oreille s'accoutumeroit bientôt. Mais nous te ferons jeûner; & nous verrons si tu t'habitueras aussi facilement à la faim qu'au pouvoir arbitraire.

Il seroit à souhaiter que cette race d'hommes (1) sans bouche existât encore: on y enverroit en retraite les mauvais rois; & les jeunes princes pourroient y faire leur noviciat.

LEÇON XLI.

LA MARMOTTE-ROI.

EN ce tems-là; un roi dormoit toujours sur son trône, & rendoit la justice à ses sujets en dormant; ses rêves alors devenoient des arrêts. Quelqu'un, qui n'étoit pas courtisan, osa lui dire un jour, en le voyant passer: Prince, pour dormir un lit est plus commode qu'un trône. Vous vous donnerez une courbature. Croyez-nous; allez vous coucher. Nous vous ferons remplacer par une marmotte.

---

(1) Pline & Plutarque parlent d'un peuple sans bouche, qu'ils nomment *Astômes*.

LEÇON XLII.

LE SAGE FOU.

EN ce tems-là ; un ſage avoit tenté pluſieurs fois, mais toujours en vain, d'introduire la vérité à la cour Le fou du roi vint à tomber malade, ſans eſpoir. Le ſage s'aviſa de le contrefaire ; & le contrefit ſi bien, qu'il lui ſuccéda dans ſa charge. Mais la vérité ne gagna pas beaucoup à ce déguiſement. Dans la bouche de la ſageſſe, elle offenſoit le monarque ; dans celle de la folie, elle ne fit que l'amuſer, & ne l'amenda point. Alors le ſage quitta le ſervice, & ſortit du palais, en diſant : Je vois bien que les rois ſont incorrigibles.

LEÇON XLIII.

L'AGE D'OR.

EN ce tems-là ; un roi, qu'on appelloit autrement dans le fond de ſes provinces, demanda un jour à table :

Mais, qu'eſt-ce que cet âge d'or, ce ſiecle d'or, dont j'ai quelque fois entendu parler.

Un de ſes écuyers-tranchans lui répondit :

Prince, c'eſt un conte de fées inventé ſans doute à plaiſir par quelque poëte mécontent de la cour.

Mais encore....

Puiſque Sa Majeſté inſiſte.... On dit qu'il fut un tems où il n'y avoit ſur la terre ni maîtres, ni valets, ni ſouverains, ni ſujets ; chacun ſe ſervoit ſoi-même.

Quoi! il n'y avoit pas de rois!... Comment les hommes pouvoient-ils s'en paſſer ?

Le conte de fées dit qu'ils n'en étoient que plus heureux, & n'en vivoient que plus long-tems.

Cela n'eſt pas poſſible. Comment faiſoient-ils donc ?

Chaque famille vivoit raſſemblée ſous le bâton paſtoral d'un patriarche.

Tout cela eſt bien un conte de fées.... Cependant, ajouta le roi, qu'on défende aux poëtes modernes de le verſifier de nouveau, & aux nourrices d'en bercer leurs enfans.

LEÇON XLIII.

LE DICTIONNAIRE.

EN ce tems-là ; un despote oriental, un soir, attaqué d'insomnie, se faisoit lire par un de ses esclaves favoris quelques articles d'un gros dictionnaire. Le lecteur appelloit les noms ; & le prince asiatique, selon leur bizarrerie ou son caprice, s'en faisoit lire un morceau, ou les passoit. Au mot *insurrection*, il dit à son esclave : Que signifie ce mot ? L'esclave, qui avoit soin de parcourir des yeux chaque article, avant de le réciter, dit à son maître : Seigneur, je n'oserai jamais.... --- Qui t'arrête ? — Seigneur...... Au reste, cet article concerne un peuple ancien, célebre par ses fables. ---- Encore. ----- Seigneur, vous pardonnerez à votre esclave.... *Insurrection*, droit de soulevement accordé au peuple de Crete contre ses souverains, quand ils se conduisoient mal dans leur place. Dans quelle classe, reprit Sa Majesté écoutante, a-t-on rangé cet article ? --- Dans l'histoire ancienne. --- On s'est trompé ; c'est à la mythologie ancienne qu'il falloit le placer..... Passons à un autre article.

LEÇON XLIV.

LES VOITURES DE LA COUR.

EN ce tems-là ; le ſage Rhamakc ſe promenoit vis-à-vis de la maiſon publique qui ſervoit de dépôt aux voitures de la cour. On crut qu'il vouloit groſſir le nombre des courtiſans, & on lui offrit une place pour partir. Il refuſa. --- Que faites-vous donc ici ? --- Je m'amuſe, répondit-il, à comparer le viſage de ceux qui vont à la cour, avec le viſage de ceux qui en reviennent. L'empreſſement des uns, les ſoucis rongeurs des autres, me frappent & me font faire des réflexions, qui m'ôtent toute envie d'aller voir ce pays d'où on ne revient pas comme on y va.

LEÇON XLV.

LA BALANCE.

EN ce tems-là ; j'entrai dans l'attelier d'un méchanicien : fais - moi vîte, lui dis-je, un char qui me tranſporte en deux minutes à la cour. Je ne ſaurois, me dit l'artiſte, imaginer un char qui puiſſe te tranſporter en deux minutes à la cour. Mais je poſſede une machine fort peu compliquée, qui t'apprendra à être heureux, ſans ſortir de chez toi. — Où eſt-il cet inſtrument qui doit me rendre heureux, ſans ſortir de chez moi ? --- Le voici.

C'étoit une balance faite avec beaucoup de juſteſſe. J'y peſai les biens & les maux de la vie. Elle reſta dans un équilibre aſſez parfait. Elle m'apprit que tout eſt compenſé dans la vie. Une ſage inſouciance fut le réſultat de mon expérience; & je ne me ſouciai plus de ſortir de chez moi pour aller en deux minutes à la cour.

LEÇON XLVI.

LE BANDEAU A LA COUR.

EN ce tems-là ; traverſons, me dit mon compagnon de voyage, traverſons ce palais, la demeure du ſouverain. Nous abrégerons de beaucoup notre route.

Je le veux bien. Mais avant d'y entrer, attache-moi ce bandeau ſur les yeux.

Pourquoi te bander la vue ?

Afin qu'en ſortant de cette demeure royale, on ne me puniſſe pas d'avoir vu des choſes qui ont beſoin du myſtere & du ſecret. Tel courtiſan n'auroit jamais été diſgracié, s'il eût fait l'aveugle à propos. Témoin, Ovide.

LEÇON XLVII.

L'HYPERBOLE.

EN ce tems-là; un vieux courtiſan diſoit, non loin du monarque & aſſez haut pour en être entendu: oui!

Oui! quand toutes les eaux du ciel & de l'océan ſe teindroient en noir, il n'y auroit pas encore aſſez d'encre pour décrire les vertus de ſa majeſté.

Un jeune courtiſan, voiſin du flatteur, lui dit tout bas: Ne rougis-tu point, à ton âge, de te permettre des hyperboles de cette force? Et ne vois-tu pas qu'elles manquent leur effet.

Je connois, répondit tout bas le vieillard flatteur, la meſure de l'amour-propre & la portée de l'eſprit du prince. Vas! les princes ont ſu gré de diſcours encore plus extravagans.

LEÇON XLVIII.

LA CHAISE-PERCÉE.

UN roi avoit coutume de donner ses audiences dans sa garde-robe. On devroit prendre au mot de tels rois; & ne faire pas plus de cas des oracles qu'ils rendent sur le trône, que du bruit qu'ils laissent échapper sur leur chaise-percée.

LEÇON XLIX.

LE VOILE.

EN ce tems-là; couverte de son voile, une femme se présenta à la cour. Le roi, qui étoit très-jeune, à travers la gaze, crut appercevoir beaucoup de charmes, & fit le plus gracieux accueil à celle qui portoit le voile de gaze.

La même femme, quelque tems après, s'offrit une seconde fois aux yeux du prince; cette fois sans voile. S'appercevant que le jeune monarque la regardoit à peine, elle lui dit:

Prince! ce qui m'arrive eſt auſſi votre hiſtoire. Un roi qui n'a pas beaucoup d'expérience, eſt comme une femme qui n'a pas beaucoup de beauté ; & le premier miniſtre d'un tel roi eſt comme le voile de cette femme. Un voile de gaze cache plus ou moins les défauts du viſage qu'il couvre, ou en fait ſortir plus ou moins les charmes. C'eſt à celle qui le porte, c'eſt à la main qui le place, à le faire avec avantage. Un miniſtre fait valoir ſon prince, ou le cache tout-à-fait.

LEÇON L.

LES DEUX CÔTÉS DE LA MÉDAILLE.

UN jeune étranger viſitoit ma patrie, & s'extaſioit à chaque pas qu'il y faiſoit. Le beau pays! Heureux ceux qui y ſont nés, & qui pourront y mourir! Heureux ſur-tout les habitans des grandes villes. Tous les jours, ce ſont des fêtes, des divertiſſemens nouveaux. On n'a que l'embarras du choix. Des ſpectacles brillans y font paſſer des heures entieres comme des minutes. Veut-on des occupations plus graves, plus eſſentielles? Des académies de tous les genres vous ouvrent leurs portes. Ici, on polit la langue; là, on exerce la raiſon. Plus loin, on vole la nature dans ſes ſecrets les plus cachés. Les riches & les grands n'ont pas de palais aſſez vaſtes pour contenir tous les chef-d'œuvres des artiſtes. Heureuſe nation! Que tu as bien raiſon d'être idolâtre de tes maîtres! Tu leur dois toutes tes jouiſſances; & ils te laiſſent à peine appercevoir la différence des tems de guerre ou de paix.

J'entendis cet éloge avec un ſang-froid qui piqua la curioſité du jeune étranger; il m'accuſa d'ingratitude, & de ne point ſentir tout mon bonheur. Je lui répondis : Jeune étranger, je pourrois te faire un portrait de ma patrie, tout différent & tout auſſi fidele. Tu n'as vu que le côté d'or de la médaille, le reſte eſt de fer. Nous achetons cher les belles choſes qui t'extaſient. Nous avons des ſpectacles en tout tems; mais nous n'avons pas toujours du pain : nous avons des académies ſavantes; mais nous n'avons pas encore des tribunaux intégres : on nous fait chanter de jolis airs; mais nous n'avons pas encore de bonnes loix : le prince donne des fêtes, & c'eſt tout le peuple qui les paye. Nous ſommes des eſclaves couronnés de fleurs; mais il y a longtems qu'on nous a enlevé le bonnet de la liberté.

LEÇON LI.

LE COURTISAN MARCHE - PIED.

EN ces tems-là ; un roi impatient n'avoit pour le moment ni écuyer, ni valets, ni esclaves qui pussent l'aider à monter sur son char. Un courtisan qui s'en apperçut, se précipita aussitôt au-devant de lui, & de son corps courbé jusqu'à terre lui fit un marche-pied (1) commode, dont le prince usa sans façon.

On reprocha à l'homme de cour une complaisance qui tenoit de la bassesse. Il répondit : Un roi impatient qui, pour monter plus vîte dans son char, met le pied sur le dos de son courtisan, donne à ce courtisan le droit de marcher sur le ventre de ses sujets.

---

(1) Au rapport d'Hérodote, il y avoit en Syrie un certain ordre de femmes nommées *Clima-Cides*, dont la profession journaliere étoit de marcher sur leurs pieds, sur leurs mains à-la-fois, & dans cette posture, de servir d'escabeau aux dames pour les aider à monter dans leur char, liv. v.

LEÇON LII.

LA GALETTE.

AVANT qu'il y eût des rois, ſur le déclin du gouvernement patriarchal, dans une contrée dont je ne dirai pas le nom, il étoit d'uſage, à un certain jour de l'année, que chaque famille réunie dans la maiſon paternelle, ſe mettoit à table & diviſoit une galette, en autant de morceaux qu'il y avoit de parens au banquet. Un étranger ſans famille vint à paſſer dans ce canton, & inſtruit de cette fête coutumiere, parvint par ſes beaux diſcours à réunir toutes les familles en une ſeule aſſemblée : Mes amis, leur dit-il, dans trois jours vous rompez la galette d'uſage, chacun dans le ſein de vos foyers. Faites mieux cette année; puiſque vous êtes tous des hommes, tous égaux; amaſſez en monceaux toute la farine qui ſervoit à compoſer vos galettes, & n'en pétriſſez qu'une de toutes, que vous mangerez tous en commun, comme il convient à des freres. Si vous le voulez même, comme c'eſt moi qui vous ai ouvert cet avis, vous me chargerez de cette beſogne & du ſoin de la diſtribution par égales parties. Les bonnes gens qui formoient l'aſſemblée, ne ſe méfiant de rien, répondirent: A la bonne heure. Tenez-là prête pour dans trois jours, & vous nous la partagerez également. Le troiſieme jour arrivé, on s'aſſemble. Notre avanturier placé au haut bout de la table, commence par couper la grande galette en autant de morceaux qu'il y a de chefs de famille. Puis, il leur dit : Mes enfans, vous êtes convenu de me laiſſer faire les fonctions de pere de famille; par conſéquent de prendre à moi ſeul toute la peine que chaque pere de famille auroit priſe dans la maiſon. Or, comme il eſt juſte que toute peine ait ſon ſalaire, & que le ſalaire ſoit proportionné à ſa peine, vous trouverez bon que je commence par me ſervir, & par m'adjuger la part de chaque chef de famille; le reſte ſera pour vous, & le harangueur tout de ſuite de porter à ſa bouche un morceau qu'il dévora: il n'avoit pas mangé depuis trois jours. Il ſe préparoit à entamer une ſeconde part, lorſque ſon voiſin lui dit, en retenant ſon bras : Un moment, mon ami; comme vous n'avez qu'une bouche, vous ne pouvez conſommer la nourriture de cent autres bouches. Tenez-vous-en à votre premier morceau, puiſqu'il eſt mangé, & ſouffrez que nous mangions les autres ou retournez d'où vous venez.

L'avanturier fut obligé de retourner d'où il

venoit. Et depuis ce tems les bonnes gens, qu'il vouloit féduire, ne fouffrirent plus d'étranger parmi eux & firent leur part eux-mêmes.

LEÇON LIII.

LE CONTRAT SOCIAL.

EN ce tems-là ; plufieurs familles habitoient un morceau de terre ifolé. Chacune renfermée dans fon domaine, fe gouvernoit elle-même fous l'œil du plus ancien des peres. Un étranger échoua un jour fur les côtes de cette ifle. Après l'avoir parcourue, il parvint, à force d'inftance, à raffembler les chefs de famille, & leur tint ce difcours :

Mes amis, vous & vos enfans, vous paroiffez vivre heureux. Mais il y a un terme à tout. A la premiere diffenfion qu'un rien peut faire naître, vos familles armées les unes contre les autres, peuvent chercher à s'entre-détruire ; fur-tout n'ayant aucun tribunal où chacune d'elles puiffe porter fa caufe. Ce premier différend fera fuivi de plufieurs autres. Pour prévenir les maux que je prévois, il me femble, fauf meilleur avis, que vous devriez élire une efpece de ſouverain qui vous dictera des loix, à l'ombre deſquelles vous pourrez dormir en paix. Mais pour que ce ſouverain ne ſoit pas juge dans ſa propre cauſe, il faudroit en trouver un qui vous ſoit étranger par le ſang, & par les intérêts.

Un vieillard interrompit le harangueur, en ces termes :

N'en dites pas davantage, nous devinons le reſte. Écoutez-nous à notre tour. Nous avons vécu juſqu'à préſent heureux. Ce que nous avons fait, nous pouvons le faire encore. Nous ſommes aſſez hommes pour nous gouverner nous-mêmes. Cependant, nous voulons bien en eſſayer; & comme vous êtes ici le ſeul étranger, c'eſt vous probablement que vous avez en vue pour être notre ſouverain. Nous y conſentons; mais à une condition, c'eſt que devant être reſponſable des loix que vous nous propoſez, vous devez l'être auſſi de tous les maux qui nous arriveront, & auxquels vos loix n'auront point remédié. En conſéquence, vous payerez de votre tête le premier meurtre arrivé ſous votre regne.... Y conſentez-vous ?....

Le harangueur court encore, & l'iſle continue à être heureuſe.

LEÇON LIV.

LES HOMMES POISSONS.

UN ſoir, en rentrant dans la ville, je m'arrêtai aux barrieres & m'y endormis. C'eſt alors que j'eus la viſion dont je vais rapporter les principales circonſtances. Je me crus aſſis ſur le bord d'un grand vivier. Il étoit revêtu de marbre. Des poiſſons de tout âge & de toute grandeur alloient çà & là en grand nombre, au milieu d'une eau bourbeuſe. Une douzaine de pêcheurs, qui paroiſſoient les propriétaires en commun de ce vivier, ſe diſputoient leur proie qui ne pouvoit cependant leur échapper. Ils étoient ſi acharnés au butin, qu'ils aimoient mieux maſſacrer les poiſſons, que de ſe les céder l'un à l'autre. Les pauvres captifs aſſez indifférens ſur leur propre ſort, mais pouſſés par la néceſſité, alloient ſe préſenter en foule n'importe auquel hameçon. En regardant au fond, autant que je le pus diſtinguer à travers l'onde fangeuſe, il me ſembla en voir quelques-uns qui aimoient mieux périr de beſoin, que de ſervir à raſſaſier les pêcheurs avides qui les attendoient vainement. Je voulus intercéder pour les poiſſons auprès des pêcheurs. Du moins, leur dis-je, que votre intérêt vous touche ! Si vous êtes jaloux de vous procurer une pêche abondante & saine, ayez soin d'aggrandir & de nettoyer le vivier. Pour mon salaire, on me proposa de m'envoyer au milieu des poissons pour les consoler. Je me réveillai à la morale : mais bientôt je me rendormis : & voici le reste de ma vision.

Non loin du vivier étoit un grand lac, au travers duquel couloit un grand fleuve, lequel se rendoit à la mer. Un géant passa par-là. Mon récit le toucha sur le sort des poissons. Il fut indigné de la cruauté & de l'incapacité des pêcheurs qui voulurent prendre la fuite à son aspect. Sa voix de tonnerre les retint. Il leur commanda de travailler sous ses ordres. Ils obéirent, dirigés & aidés par lui. Bientôt il s'établit à travers les terres une communication du vivier avec l'étang. Alors l'eau où les poissons nageoient avec peine, fut renouvellée. Alors les poissons eux-mêmes furent libres. Ils multiplierent comme les grains de sables du lac, & parvinrent dans peu au degré de perfection dont leur espece étoit susceptible.

Témoin de cette révolution, je me promis bien d'en faire le récit aux habitans de la Ville, aux portes de laquelle j'eus cette vision.

Ma tâche est remplie : *qui habet aures, audiat.*

LEÇON LV.

L'ÉCOLIER ET LA CLOCHE.

EN ce tems-là, l'on disoit : un roi ressemble à un écolier qui appartient à des parens fort riches, lesquels payent pour lui une forte pension. La loi ressemble à la cloche qu'on sonne à différentes heures du jour, pour appeller les habitans du gymnase, chacun à son devoir. Le son de la cloche est de rigueur, il faut qu'il se leve aussitôt qu'il l'entend, & qu'il se rende, à la minute, à ses divers exercices. Mais l'écolier riche, réveillé quelquefois en sursaut par le bruit importun de la cloche, se rendort presqu'aussitôt, & ne sort du lit que long-tems après ses camarades d'étude. On ferme les yeux sur cette conduite; & on lui laisse contracter impunément, par égard pour son bien, les défauts de paresse, de négligence, d'inexactitude & beaucoup d'autres qu'on châtie sévérement dans le reste des individus de la même maison. Il arrive de là qu'avec le tems il devient le plus pietre de tous les sujets du gymnase : & voilà l'éducation qu'on donne aux enfans des rois.

LEÇON LVI.

COMPARAISON N'EST PAS RAISON.

SI jamais cette phrafe proverbiale a eu fon application, c'eft au parallele qu'on établit affez ordinairement entre un roi & un pere. Tout au plus feroit-il fupportable entre le fondateur d'un peuple & le chef d'une famille. Mais un fouverain par droit d'héritage ou d'élection, peut-il être comparé à un pere? Le foible le plus ordinaire des peres eft de trop aimer leurs enfans, & de fe laiffer aveugler par l'amour paternel. En bonne confcience, beaucoup de rois ont-ils mérité ce reproche envers leurs fujets? La tendreffe aveugle des peres envers leurs enfans eft fondée, dit-on, fur ce que le bienfaiteur eft plus attaché à fon obligé, que l'obligé au bienfaiteur; & encore, fur ce qu'on aime fon ouvrage. Or quel eft l'obligé du roi ou de fon peuple? A qui le roi doit-il la couronne? Et puis, le peuple eft-il l'ouvrage de fon roi? Le peuple eft-il redevable de fon exiftence à fon roi? Le peuple n'exiftoit-il pas avant fon roi? D'ailleurs, un roi n'eft-il pas la créature de fon peuple? Un monarque tient tout de ses sujets, & ils n'ont rien à hériter à sa mort. Qu'on cesse donc d'abuser des mots, & d'une comparaison sans raison & même dénuée de toute vraisemblance. Ce parallele est d'autant plus nuisible qu'il fait prendre le change, & qu'il a servi à affoiblir le regret qu'on devroit conserver du gouvernement paternel. C'est avec cette comparaison qu'on a fait consentir les hommes à quitter les mœurs patriarchales. Les souverains & les magistrats ont pris d'abord le nom de pere, pour gagner la confiance de ceux au-dessus desquels l'ambition seule les plaçoit.

Cependant, si les rois ne peuvent aimer leurs sujets comme leurs enfans, du moins ils se croyent le droit de les traiter en enfans; ils les amusent tant qu'ils peuvent pour en faire ce qu'ils veulent; ils ne daignent leur rendre compte de rien; ils les corrigent & les fouettent souvent jusqu'au sang, & de plus leur font payer les verges.

LEÇON LVII.

LE LEST DU NAVIRE.

On a comparé le gouvernement à un vaisseau. On a dit que le prince devoit en être regardé comme le pilote; & on a fait du ſceptre un gouvernail, ou le timon de l'État.

On ne s'eſt pas encore aviſé, que je ſache, de compléter cette comparaiſon politique, en ajoutant que le peuple eſt le leſt du navire. En effet, ainſi que le leſt, il occupe la partie la plus baſſe de l'État. Comme le leſt, il eſt compoſé de matieres viles & peu choiſies. Tout eſt bon pour faire du leſt, pourvu qu'il ſoit lourd & cependant facile à être remué. Le peuple a toutes les qualités requiſes; il ne paroît pas. Il eſt caché; & cependant c'eſt lui qui par ſon propre poids donne au vaiſſeau la vraie poſition qu'il doit avoir. Le pilote le plus expérimenté auroit beau manœuvrer avec tout l'art poſſible, il ne peut faire un pas certain, ſans une ſuffiſante quantité de leſt. Je pourrois pouſſer plus loin encore le parallele; mais qu'il me ſuffiſe d'avoir montré que le peuple eſt le leſt du navire politique. Quand donc les hommes ceſſeront-ils d'être peuple; quand donc voudront-ils jouer un rôle plus noble?

LEÇON LVIII.

LE COLOSSE A LA BASE D'OR.

DES philoſophes ont comparé le deſpotiſme à un coloſſe effrayant de loin, mais ſoutenu ſur une baſe d'argille.

Les tyrans modernes ont été frappés de crainte à la vue de cette comparaiſon, qui leur a paru pleine de juſteſſe. En conſéquence, ils ſe ſont dit : Profitons de l'avis, & donnons au coloſſe une baſe d'or, le métal le plus compact & le plus imperméable. Le deſpotiſme ne ſera pas ſitôt renverſé.

Cette politique nouvelle a parfaitement réuſſi ; & les nations modernes, éblouies par l'éclat de la baſe du coloſſe, & frappées de ſa ſolidité, ſe ſont laiſſées enchaîner plus étroitement encore aux anneaux d'or de cette baſe.

Et en effet, depuis que le gouvernement eſt financier, tout va de bien en mieux pour quelques uns, & de mal en pis pour tous les autres.

LEÇON LIX.

LES SARMATES ET LES ROIS.

LES Sarmates, peuple feroce & belliqueux, tiroient du ſang de leurs chevaux, & s'en abreuvoient : les ſouverains ne different des Scythes qu'en ce qu'ils n'attendent pas la néceſſité & un tems de guerre, pour ſe repaître de la ſubſtance du peuple ſoumis à leur frein.

LEÇON LX.

LE MARCHÉ D'ESCLAVES.

LA ſociété eſt comme un vaſte marché d'eſclaves ou d'hommes, qui ſe vendent & s'achetent tout-à-tour. Les petits ſe vendent aux grands, les pauvres aux riches; les grands & les riches aux plus grands & aux plus riches. Les courtiſans ſe vendent aux rois; les gens crédules ſe vendent aux prêtres, & ceux-ci aux tyrans. Les femmes ſur-tout ſe vendent aux hommes, & quelquefois ceux-ci à celles-là. Le ſage ſeul s'appartient & n'entre pour rien dans ce trafic honteux. Auſſi eſt-il mal vu de tous ceux dont il a pitié.

LEÇON LXI.

LE FLÉAU DES BATTEURS EN GRANGE.

LE ſceptre, entre les mains des rois, eſt comme le fléau dans celles du batteur en grange; & le peuple reſſemble à la gerbe de bled qu'on bat pour ſéparer l'épi de la paille. Il y a cependant cette différence entre les rois & les batteurs en grange, que ceux-ci battent rarement en grange pour leur compte, au lieu que tout le profit eſt pour les premiers; quoique le trône & le tréſor du fiſc n'appartiennent pas plus aux rois, que la grange & le bon grain aux batteurs.

LEÇON LXII.

LES GENTILSHOMMES VERRIERS.

LES hommes reſſemblent à des uſtenſiles de verres fragiles, prêts à ſe caſſer au moindre choc. Une poignée de gentilshommes verriers en font trafic avec plus d'avidité que de prudence ; & pour avoir leurs marchandiſes ſous la main, ils entaſſent ſans précaution ces verreries les unes près des autres dans d'étroits magaſins. Eſt-il étonnant qu'il s'en faſſe tant de dégâts en pure perte ? Trop ſouvent auſſi, ces gentilshommes ſe prennent de diſpute, & ſe jettent les verres à la tête.....

LEÇON LXIII.

LES VIVANDIERS SUR LE TRÔNE.

ON pourroit comparer la ſociété à une armée qui campe. Les villes ſont les camps. Le peuple, c'eſt le ſoldat. Les rois en ſont les *vivandiers*, dans tous les ſens qu'on attache à ce mot.

LEÇON LXIV.

LES PÊCHEURS D'HOMMES.

POUR prendre de certains poiſſons, il faut troubler l'eau dans laquelle ils nagent : pour captiver le peuple, il faut l'environner d'une atmoſphere de ténebres. Les rois ſont des pêcheurs bien au fait du métier.

LEÇON LXV.

LA CHASSE A LA GRAND'BÊTE.

LES rois ſont des chaſſeurs déterminés. Le peuple eſt leur gibier. Les miniſtres ſont les gardes-chaſſes. Les villes ſont les remiſes où l'on rabat le gibier. Le peuple trop ſouvent reſſemble au cerf aux abois qui, relancé par les chiens, & ne pouvant plus fuir, tâche par ſes larmes d'attendrir le chaſſeur inhumain, & d'éviter la curée dont on le menace. Mais quelquefois auſſi, le peuple pourroit reſſembler au ſanglier qui, atteint du coup mortel, revient ſur le trait qui l'a bleſſé, & mêle à ſon ſang le ſang de ſon meurtrier. Rois! prenez-y garde. *La chaſſe à la grand'bête* n'eſt pas ſans danger pour vous. Croyez-en le ſage, renoncez à ce paſſe-tems cruel & ſouvent funeſte. Apprivoiſez plutôt le peuple. Faites-vous-en un ami. Il vous rendra plus de ſervice en le conſervant, qu'il ne vous procurera de plaiſir, en le faiſant déchirer par vos limiers.

LEÇON LXVI.

LA STATUE DE PLOMB.

EN ce tems-là ; un jeune monarque viſitoit l'attelier d'un artiſte. Il fut fort ſurpris de voir une ſtatue de plomb ſur un piedeſtal d'or, & la fit remarquer au ſtatuaire, qui lui répondit : Prince ! c'eſt le ſimulacre du nouveau miniſtre. Le jeune monarque ne répliqua rien ; mais il ſortit, & le ſoir même, à ſon coucher, il réforma l'indigne choix qu'on lui avoit fait faire le matin à ſon lever.

LEÇON LXVII.

LE PALAIS DES ROIS.

EN ce tems-là; un roi s'énorgueilliſſoit de la magnificence de ſon palais. Quelqu'un qui n'étoit pas courtiſan, lui dit :

Prince, je connois un animal rampant qui doit ſon logement à un architecte encore plus habile que le vôtre.... Le limaçon, & je pourrois ajouter la tortue.

LEÇON LXVIII.

L'ARCHITECTE PHILOSOPHE.

UN roi faiſoit bâtir un palais, & ſon architecte lui en montroit le plan. Le prince fut effrayé de l'immenſe grandeur qu'on lui donnoit. --- Il y auroit de quoi loger tous mes ſujets. Votre palais, lui répliqua l'architecte, ne ſera jamais aſſez grand pour contenir tous vos flatteurs.

LEÇON LXIX.

LA CARRIERE DE MARBRE.

EN ce tems-là; un philosophe, dans ses voyages, rencontra un jour sur sa route des monceaux de marbres bruts, posés circulairement sur les bords d'un large trou qui servoit d'entrée à un vaste souterrein. Il s'àpprocha de l'une de ces ouvertures, & apperçut, dans l'enfoncement ténébreux, des hommes occupés à détacher des blocs.

Les malheureux! dit le sage en s'en allant. Ils s'occupent d'un palais de marbre, pour loger leur souverain; & peut-être n'ont-ils pas un toît de chaume pour s'abriter. Heureux encore, si la carriere qu'ils creusent, pour embellir la demeure de leur roi, ne devient pas un jour une prison pour eux. En effet, plusieurs palais de rois, de princes & de prélats ont fini par devenir des prisons: telles que la tour de Londres & Bridewell en Angleterre; Vincennes à Paris, &c. &c. &c.

LEÇON LXX.

LE PERROQUET ROI.

DANS le cours de mes voyages, je viſitai une iſle peu connue, quoiqu'aſſez grande & bien peuplée. Mon premier ſoin fut de m'enquérir de la forme du gouvernement. Un des habitans me dit : Nous avons un perroquet (1) pour ſouverain. Je priai mon inſulaire de me parler ſérieuſement. Je ne raille pas, me dit le vieillard. Jadis nous avions pour roi un de nos ſemblables, comme à l'ordinaire. Mais entr'autres abus, nous nous ſommes apperçu, à nos dépens, que la plupart de nos rois, pour s'épargner la peine d'étudier l'art de régner, n'étoient tout bonnement que les échos de leurs mignons & de leurs maîtreſſes. Ils ne faiſoient que répéter ſur le trône ce qu'on leur avoit fait apprendre ſur leur ſopha. Autant valoit n'avoir qu'un perroquet. L'entretien de ce nouveau monarque eſt bien moins diſpendieux. Il ne lui faut qu'une perruche & un maître de langue.

(1) *Ex Africa parte Ptoembari, Ptoemphanæ qui canem pro rege habent, motu ejus imperia augurantes.* Plinius. hiſt. nat. liv. VI. 30.

Cette révolution, continua le vieillard, eut lieu dans ma jeunesse. La proposition qu'on en fit aux états-généraux de l'isle passa tout d'une voix, & depuis lors, nous nous en sommes bien trouvés.

LEÇON LXXI.

LE FOU ROI.

EN ce tems-là; il étoit un fou qui se croyoit roi. En conséquence, il parcouroit les carrefours de la capitale où il étoit né dans les derniers rangs de la société, & revêtu du costume du souverain. Il rendoit la justice à son gré & de sa pleine autorité. Sa folie paroissant peu dangereuse, on eut pitié de lui, & on lui laissa la liberté. Il s'en servit pour mettre de la réforme par-tout où il passoit. Canaille empesée! disoit-il quelquefois aux magistrats, vous allez au palais de la justice en bonne voiture, tandis que vos cliens, ruinés par vous, marchent à pied, & ont à peine un bâton blanc pour les ramener dans leur pauvre chaumine. --- Fourbes! disoit-il aux prêtres; vous annoncez au peuple des dieux auxquels vous ne croyez pas vous-mêmes, & l'on haussoit les épaules en passant. Quelques-uns sourioient; le roi régnant n'ayant pas encore ordonné ſur ſon ſort. Ce roi vint à mourir ; il laiſſoit un héritier préſomptif, qui n'annonçoit rien moins qu'un bon prince. Les états s'aſſemblerent. Un homme du peuple ſe leva, & vint à bout de ſe faire écouter. --- Le ſucceſſeur du roi défunt ne s'eſt point rendu digne du trône au pied duquel il eſt né. Pour éviter toute jalouſie, éliſons ce fou qui nous dit journellement dans nos carrefours tant de vérités en riant. Eſſayons-en. Nous ſerons toujours à même de revenir ſur notre choix. --- La bizarrerie de la propoſition la fit accepter. Le fou fut élu roi ; & jamais prince ſage ne rendit ſon peuple plus heureux : heureux du moins, autant que les hommes peuvent l'être ſous un roi.

LEÇON LXXII.

L'UN DES INCONVÉNIENS DE LA ROYAUTÉ.

EN ces tems-là ; deux marchands voyageoient pour leur commerce. Ils aborderent dans un pays où le trône étoit vacant. Pour éviter les ſuites funeſtes d'une concurrence, le peuple raſſemblé convint de s'en rapporter au haſard, & de prendre pour roi le premier étranger qui toucheroit le rivage. L'un de ces marchands fut donc élu à son grand étonnement. Il nourrissoit depuis quelque tems un ressentiment secret contre son associé & compagnon de voyage. Le premier acte d'autorité qu'il exerça en montant sur le trône, fut de faire mettre en prison celui à qui il en vouloit, & de le condamner presqu'aussitôt à la mort. Comme il étoit tard, on sursit à l'exécution de la sentence jusqu'au lendemain matin. La nuit conseille le jour. Le nouveau roi eut le tems de donner audience à ses remords. Il étoit né bon, & la vengeance de la veille n'étoit qu'une surprise de ses sens. L'aube du lendemain vint à peine blanchir le faîte de son palais, qu'il fit assembler le peuple pour lui tenir ce discours : Reprenez votre sceptre ; j'abdique le trône ; je renonce à une dignité qui me donne le droit & le pouvoir de faire le mal. Simple particulier, une heureuse impuissance m'avoit empêché de me venger. Mais avant de redescendre à mon ancien état, j'ordonne qu'on délivre mon prisonnier d'hier. --- Ce qui fut exécuté : & les deux associés poursuivirent leur route dans la plus douce intimité.

LEÇON LXXIII.

LE NOUVEAU ROI.

EN ce tems-là; après fon élection, un fouverain fut affailli par la foule de fes amis qui venoient lui demander des graces & folliciter fa libéralité.

Mes amis, leur répondit le prince en les reconduifant, en montant fur le trône, je fuis devenu plus pauvre que vous. Je ne m'appartiens même plus. Chacun de vous en particulier ne me demanderoit qu'une goutte de mon fang, je la lui refuferois. Je fuis tout à tous, & rien à perfonne. Je me fuis dépouillé entiérement; & même des vertus que je chériffois le plus, je n'ai gardé que la juftice: c'eft la feule qu'il me foit permis d'exercer.

LEÇON LXXIV.

LE BON SENS DU PERE DE FAMILLE.

EN ce tems-là; un roi offrit un jour le gouvernement d'une province à un pere de famille. Celui-ci en remercia le prince qui fut très-étonné du refus, & qui voulut en ſavoir la raiſon.

Je n'ai pas plus de tems, ni de capacité qu'il ne m'en faut pour gouverner ma petite famille; comment pourrois-je régir une province entiere?

Mais moi, répliqua le prince, je ſuis pere de famille auſſi; & cependant on m'a confié le ſoin de toute une nation.

Prince, reprit avec franchiſe le pere de famille, je ne ſais comment vous pouvez ſuffire à tout cela. Je vous admire; mais jamais je ne prendrai ſur moi de vous imiter?

LEÇON LXXV.

LES HABITS.

En ce tèms-là; on m'amena un jour un marchand d'habits : choiſis, me dit-on, le coſtume qui ſera le plus de ton goût; veux-tu de cette lévite de lin? — Non! on me prendroit pour un hypocrite. --- Veux-tu de cet uniforme militaire? — Non! puiſque tous les hommes ſont mes freres. — Prends donc cette toge? --- Non! les enfans des plaideurs me la déchireroient. --- Et cet habit tout d'or? — Non! le peuple me confondroit avec ces ſangſues privilégiées, qui s'enrichiſſent, en appauvriſſant ſont leurs compatriotes, & dont le ſuperflu coûte le néceſſaire des autres. —Tu ne refuſeras pas ſans doute ce manteau de pourpre? Commande. — Non! je ſais trop ce qu'il en coûte pour obéir... Ce manteau de laine me conviendra bien mieux. — Quoi! tu voudrois être philoſophe? — Pourquoi pas?

LEÇON LXXVII.

DAMALDER.

PRINCES! approviſonnez vos États, ou craignez le ſort de *Damalder.* C'étoit un roi de Suede, au troiſieme ſiecle de l'ere vulgaire, que ſes ſujets, victimes d'une longue famine, s'aviſerent d'immoler à leurs dieux, pour en obtenir un terme à leurs maux. Ce ſacrifice ne fit point venir des vivres plutôt, mais dut produire un grand bien dans la ſuite, en rendant les ſouverains plus prévoyans. Quand donc les peuples feront-ils, par eſprit de juſtice, ce qu'ils ſe ſont permis quelquefois de faire par eſprit de ſuperſtition? Si les rois payoient leurs négligences de leur tête, ſi on les forçoit à ſe dévouer au ſalut de la nation qu'ils ont mis en danger, il ne ſeroit pas ſi facile de bien régner; mais du moins les hommes en ſeroient ſans doute mieux gouvernés.

LEÇON LXXVIII.

L'OURS, LE SINGE ET LE SOT.

LA place d'un ours eſt dans les bois d'un miſanthrope ;

La place d'un ſinge eſt dans la chaiſe de poſte d'un courtiſan ;

La place d'un ſot eſt à la cour d'un deſpote qui craint les gens d'eſprit.

LEÇON LXXIX.

LEÇON BABYLONIENNE.

DANS l'Orient, on fêtoit tous les ans une eſpece de ſaturnale qu'on appelloit *Lacée*, d'origine Babylonienne. Elle conſiſtoit à faire jouir un criminel de tous les honneurs, privileges & plaiſirs affectés à la royauté, dont il portoit les ornemens. Les cinq jours de cette fête écoulés, le héros dépouillé, étoit battu de verges & ſuſpendu.

On a traité cette cérémonie de dériſion cruelle

de la loi envers le coupable; (M. *Paſtoret*, *Zoroaſtre*, *Confucius & Mahomet*, *pag.* 44. *in*-8°.)

N'étoit-ce pas plutôt une leçon indirecte, mais énergique, donnée au ſouverain dans les États duquel cette ſaturnale avoit lieu? Ne pourroit-on pas préſumer qu'elle fut imaginée comme pour faire en effigie le procès d'un deſpote qu'on n'oſoit juger directement, en réalité.

Quoi qu'il en ſoit, cet uſage mériteroit peut-être d'être renouvellé, en lui ôtant ce qu'il a d'inhumain, & ſur-tout d'obtenir des rois qu'ils daignent honorer de leur préſence cette eſpece de pénodie politique.

LEÇON LXXX.

LE GRAULICH DE LA VILLE DE METZ.

UN roi eſt ſemblable au *graulich* (mot allemand, qui ſignifie *bête monſtrueuſe*).

Le *graulich* eſt une image d'oſier, revêtu de carton peint, repréſentant une eſpece de dragon. De ſa gueule ſort un dard, à la pointe duquel chaque boulanger eſt obligé de fournir un petit pain. Un marguillier de village porte cette figure à la tête de la proceſſion des rogations, & eſt tout fier de ſa charge; le peuple danſe autour, crie de joie.

Cet uſage de la ville de Metz eſt fondé ſur une tradition. Jadis, on n'en ſait plus l'époque, il exiſtoit ſur le territoire de Metz une bête fauve, qui ravageoit tout. St. Clément, un des évêques de la capitale du pays Meſſin, eut la hardieſſe & la confiance de jetter ſon étole ſur le col de la bête qui reſta auſſitôt immobile, & ſe laiſſa maſſacrer.

Comme on voit, à la derniere circonſtance près, le *graulich* donne une idée aſſez juſte d'un roi. Le marguillier de village qui le porte, les boulangers qui le nourriſſent, figurent le peuple des villes & de la campagne, ſans le ſecours deſquels un monarque ne pourroit ſe ſoutenir. La populace, qui danſe autour du monſtre, repréſente aſſez naïvement les ſujets d'une monarchie, qui ſe réjouiſſent d'avoir à leur tête un pſanteme affamé, qui dévore leur pain quotidien, mais qui en impoſe, & qui leur donne une ſorte d'importance, du moins à leurs propres yeux.

Le clergé jadis a eu ſur les rois qu'il muſeloit, le même pouvoir que le bon évêque de Metz ſur le *graulich*.

Cette caricature provinciale eſt abolie depuis quelques années; mais la puiſſance politique, dont elle peut ſervir d'emblême, eſt encore dans toute ſa force.

J'oubliois de dire que le *graulich* dévoroit, tous

les ans, une certaine quantité de pucelles dont on étoit obligé de lui fournir un tribut : autre ſujet de comparaiſon, autre trait de reſſemblance entre la bête vorace & la perſonne d'un roi.

On dit auſſi qu'à Metz, jadis on adoroit des chats...... Il n'y a pas long-tems encore que la coutume de jetter des chats au feu de la St. Jean a été abolie dans cette ville.

Princes! que cet uſage provincial vous rende circonſpects! Ménagez le peuple. Vous le voyez ; il brûle aujourd'hui ce qu'il encenſoit hier.

LEÇON LXXXI.

LES FOURMILLIERES.

EN ce tems-là ; les grands faiſoient raſſembler dans leurs parcs, & nourriſſoient des fourmillieres, pour engraiſſer leurs faiſans. En ces tems-là, les petits témoins de ce manege, n'en dormoient pas moins tranquilles ; mais ils ne ſe réveilloient pas de même ; & c'eſt alors qu'ils ſe rappelloient, mais trop tard, les fourmillieres raſſemblées & entretenues pour les grands, les faiſans engraiſſés par ces fourmillieres, & les grands engraiſſés par les faiſans.

Il eſt dans quelques provinces de France une maniere d'engraiſſer la volaille, qui pourroit trouver ſon application. Elle eſt telle :

On lie les pattes, & on coupe les aîles des oiſeaux ; puis on leur enfonce une épingle dans le crane, & on les place, dans cet état de ſtupidité & de langueur, au coin du foyer. On leur prodigue la nourriture la plus abondante & la plus ſubſtantielle. Au bout de quelques jours, ces malheureux volatiles deviennent gras, & promettent à leurs bourreaux le mets le plus délicieux.

Le peuple ne ſeroit-il, aux yeux de ſes chefs, que ce qu'eſt la volaille pour les marchands avides, qui vivent de leur embonpoint ?

Peuples ! on cherche auſſi à vous abrutir plus encore que vous n'êtes ; ſeroit-ce dans la même intention ? Prenez-y garde. On vous donne des fêtes ; on a l'air de vous choyer ; mais c'eſt pour s'engraiſſer de votre ſubſtance. On vous ſacrifiera à l'appétit d'une poignée de bourreaux.

LEÇON LXXXII.

LE LOGEMENT DU SAGE.

EN ce tems-là ; un ſage choiſit le lieu de ſa demeure préciſément vis-à-vis le ſuperbe palais d'un homme riche. Pourquoi cette préférence, lui dit on? Vous êtes donc bien sûr de vous, pour ne pas craindre de vous laiſſer tenter, ayant continuellement ſous les yeux le ſpectacle ſéducteur de l'opulence. Au contraire, répondit le ſage; les valets infideles, les maîtreſſes mercénaires, les faux amis que je vois tous les jours hanter ce palais, me dégoûtent de plus en plus de la condition du maître qui l'habite.

LEÇON LXXXIII.

LE PLAT DU SAGE.

EN ces tems-là; un ſage familiariſé avec le ſpectacle de la miſere & des malheureux, fut admis à la table du riche. Après le repas, on lui demanda : eh bien! que vous ſemble de tous les mets qu'on vous a étalés? -- On en a oublié un qui m'auroit chatouillé plus agréablement le palais. -- Et lequel? — Le gland..... Le gland qui m'eût rappellé ce tems heureux où tous les hommes mangeoient au même plat, & chacun ſelon ſes beſoins. Alors, on ne mangeoit, dit-on, que du gland; mais du moins tout le monde en mangeoit; les uns ne s'alloient point coucher ſans ſouper, tandis que leurs ſemblables ne pouvoient dormir, pour avoir trop ſoupé.

LEÇON LXXXIV.

LA COURTISANNE REGNANTE.

JE me promenois dans les carrefours de la capitale d'un grand empire. Un bruit ſourd ſe fait entendre, comme un tonnerre éloigné. J'apperçois un char traîné par ſix courſiers, rivaux de l'éclair. Pluſieurs citoyens graves, de ſe détourner avec indignation. J'étois jeune; je reſtai pour voir paſſer ce char d'or. Une femme en occupoit ſeule le fond. Qu'elle étoit belle, cette femme! Son ſein, pour éblouir, n'avoit pas beſoin d'une riviere de diamans de Golconde, qui le couvroit. A ſes oreilles pendoient deux perles, le prix de deux provinces. Mais ſes yeux éclipſoient tout cela. Sa bouche ſourioit, comme celle de l'enfant ingénu, careſſé par ſa mere. La douceur caractériſoit tous ſes traits. Qu'elle étoit belle, cette femme! Je demande ſon nom à un vieillard qui n'avoit pas eu le tems de fuir ce cortege : jeune homme, c'eſt la premiere des courtiſannes du royaume. L'embonpoint de cette belle femme dévore, à lui ſeul, la ſubſtance de vingt millions d'hommes. Les hommes, en ſe donnant un chef, ont cru s'affranchir de pluſieurs tyrans. Il n'en eſt rien. Quand le chef devient l'esclave d'une femme, le peuple a autant de maîtres que cette femme a de caprices; & une femme, belle & maîtresse d'un roi, n'a pas pour un caprice. Le vice, sous le masque de la beauté, est bien puissant. Pourquoi, m'écriai-je, en quittant le vieillard, pourquoi la vertu ne se rend-t-elle pas aussi aimable que le vice; pourquoi ne cherche-t-elle pas autant que lui à plaire aux hommes? Elle en obtiendroit certainement la préférence. -- Le vieillard me rappella pour me dire: Jeune homme! ne blasphême pas la vertu; le vice n'a que les armes de la séduction & l'empire du moment. Il ne seroit pas de la dignité de la vertu de s'abaisser à ces petits moyens, à ces vils maneges.

LEÇON LXXXV.

TABLEAU DE PARIS.

En ce tems-là; un soir d'automne, un vieillard penseur se trouvoit assis sur le penchant d'une colline qui dominoit la capitale d'un grand empire. La nuit vint. Le calme, dont il étoit environné, lui permit de prêter l'oreille au bruit confus qui s'élevoit du ſein de la ville voiſine , ſemblable au murmure ſourd des eaux de la mer.

Que font-ils, au milieu de ces amas de pierres, s'écria alors le bon vieillard, que font-ils les enfans des hommes ? Sous ce dôme , des prêtres ſans pudeur pſalmodient le nom d'un Dieu, dont ils ne démentent que trop la providence par leur conduite. Plus loin, un troupeau de femmes cloîtrées, ſemblables à un bercail où s'eſt gliſſé le loup raviſſeur, chantent des hymnes pieuſes, ſans les comprendre, tandis que leur imagination, ſouillée par leurs extâſes, rêve un bonheur dont elles regrettent l'indiſcret ſacrifice. Plus loin , enfermé dans ſon cabinet ſolitaire, un publicain, d'un trait de plume, affame toute une province dont il a acheté la dépouille au prix de ſon honneur. Sa femme, loin de lui, parée pour le crime , va provoquer la vieilleſſe laſcive d'un homme d'État. Chacune de ſon côté, ſes filles marchent ſur les pas de leur mere. Quel eſt ce cri perçant ? C'eſt celui d'un vieillard pauvre , & n'ayant d'appui que ſon bâton. Son fils , qui le méconnoît, frédonne dans un char rapide, traîné par des courſiers fougueux ; & dans un carrefour le char du fils, qui frédonne une arriette , paſſe ſur le corps de ſon pere renverſé. A l'écart , entre quatre murailles nues, une famille entiere s'exhorte à la mort , puiſque des voiſins riches & ſans pitié lui refuſent le premier ſoutien de la vie. Dans cette ſalle , des marchands s'accuſent tour-à-tour d'infidélité dans leur commerce, & tous ont raiſon. Mais le plus pauvre payera les dépens. Ces ſoupirs étouffés qui percent avec peine les noirs cachots de cette priſon d'État, m'annoncent les martyrs de la véracité. Ils ont fait retomber ſur eux les chaînes du pouvoir arbitraire qu'ils avoient voulu ſecouer & rompre, en faveur de leur compatriotes. Quelle foible lueur brille à l'extrêmité de la ville? C'eſt la lampe d'un ſage. Il veille aux portes du crime. Il s'eſt approché de la demeure du vice, pour le démaſquer & pour le peindre. Semblable à l'abeille laborieuſe, il a fait ſon butin, pendant le jour, en parcourant toutes les claſſes de la ſociété; il ſe retire la nuit pour rédiger ſes obſervations, & pour compoſer des remedes aux plaies honteuſes dont il voit ſes ſemblables couverts.

LEÇON LXXXVI.

LES CHATEAUX DE CARTES ET LES CHATEAUX EN ESPAGNE.

EN ce tems-là; un vieillard complaiſant faiſoit des châteaux de cartes, pour amuſer des enfans. Un courtiſan, qui le vit, hauſſa les épaules. — A la bonne heure, dit le vieillard ; mais on riſque moins à bâtir des châteaux de cartes pour des enfans, que des châteaux en Eſpagne pour ſon propre compte.

LEÇON LXXXVII.

JUSTIFICATION DES MAUVAIS ROIS.

ON parloit mal d'un roi, en préſence d'un vieillard. On reprochoit au prince d'aimer les femmes, la table & le jeu; de s'abſenter du conſeil pour une partie de chaſſe; de ne répondre à aucun placet; d'accorder ſa confiance à celui qui ſavoit le mieux flatter. Il eſt honteux pour un monarque, diſoit-on, de ſe livrer à de tels excès, indignes d'un homme du peuple.

Mais, répliqua le bon vieillard, eſt-ce qu'on ceſſe d'être homme, en devenant roi? Un roi peut-il vivre ſans boire, ſans manger? N'a-t-il pas cinq ſens à ſatisfaire, comme le dernier de ſes ſujets? Pourquoi donc reprocher à un roi d'être homme? Il ſeroit plus juſte de reprocher à un homme d'être roi.

LEÇON LXXXVIII.

PARALLELE D'UN ROI ET D'UN PERE DE FAMILLE.

J'AI vu le roi du pays où je ſuis né. Je l'ai vu dans toute ſa gloire, au milieu de ſes courtiſans, dont il paroît le Dieu. Chaque mot qu'il prononce eſt un oracle. Chaque geſte qu'il fait eſt un ordre. Devant lui on fléchit le genouil, & la tête reſte découverte. On n'ouvre la bouche que quand il daigne le permettre. Ce qu'il aime, on l'aime. On hait ce qu'il hait. Malheur à qui diroit *paix*, quand il a dit *guerre*. On le ſuit juſques-là où tout autre homme va ſeul; & celui à qui il accorde le privilege de lui rendre les ſoins les plus vils a des rivaux jaloux, qui ne lui pardonnent pas cette faveur du prince.

J'ai vu un pere de famille au milieu de ſes enfans. Je l'ai vu, ne donnant point d'ordres, mais mieux obéi que s'il diſoit : *Nous voulons*. Objet des ſoins les plus tendres, une douce familiarité regne autour de lui. Le moindre nuage qui couvre ſon front, alarme tous ceux qui vivent ſous ſes yeux. Les conſeils, les leçons, qui ſortent de ſa bouche, vont ſe graver dans tous les cœurs. Dort-il? c'eſt comme s'il veilloit. Le reſpect qu'on lui porte, ne dégénere point en formule ironique. Eſt-il malade? on ne penſe point à lui ſuccéder. Meurt-il? on ne lui fait point d'oraiſon funebre; mais on pleure.

J'aimerois bien mieux être pere de famille que roi.

LEÇON LXXXIX.

ÉCHANTILLON DU JEU DES CONTRE-VÉRITÉS.

EN ce tems-là; du tems que le peuple n'éliſoit plus les rois, & n'opinoit plus que par forme dans les aſſemblées de la république, tout alloit bien. Les mœurs privées étoient le garant de la félicité publique. On vivoit en paix avec ſes voiſins & avec ſoi-même. Le commerce en dehors n'étoit qu'un échange de bienfaits. Le luxe en dedans nourriſſoit les arts, & devenoit un lien de plus entre les riches & les pauvres. En ces tems-là; s'il y avoit des pauvres qui ſouffroient ſans murmurer, il y avoit auſſi des riches qui donnoient ſans qu'on leur demandât. En ces tems-là; quoique chaque porte eût ſa ſerrure, la bonne foi étoit ſi grande, que les maiſons reſtoient ouvertes, même la nuit, & dans l'abſence du maître. En ce tems; s'il y avoit beaucoup de célibataires, il y avoit auſſi beaucoup de ménages heureux. En ce tems-là; on parloit beaucoup de la liberté, ſans doute que ce mot n'étoit pas ſeulement ſur les levres. En ce tems; tous les hommes étoient freres; car ils aimoient à vivre enſemble, entaſſés les uns ſur les autres, dans l'étroite enceinte des murailles de leurs cités. Dans ce tems, il falloit que tout le monde fût heureux, car tout le monde étoit jaloux d'en avoir l'air.

Hélas! dans ce tems-là auſſi, on aimoit beaucoup à s'amuſer au *jeu des contre-vérités;* & cette page en pourroit bien être un échantillon.

LEÇON XC.

LE PLAISIR ET LE BONHEUR.

UN jour, de grand matin, je me dis: Ayons aujourd'hui du plaiſir, à la maniere des gens du monde. Eſſayons d'être heureux, à l'inſtar des heureux du ſiecle. Je ſortis, & j'allai au lever de pluſieurs femmes qui paſſoient pour les plus agréables. Leurs minauderies & leur jargon m'amuſerent pendant la premiere minute. A la ſeconde minute je baillai, & courus ailleurs chercher du plaiſir. Je me promenai aux jardins publics. Au bout de la premiere allée, je me ſurpris baillant, & je me dis: Ce n'eſt pas encore là du plaiſir. Allons nous aſſeoir à la table d'un riche ou d'un grand. J'attendis au deſſert. Le vin m'échauffa la tête; mais mon cœur reſta froid, & je m'endormis. On me réveilla pour me donner une place à ces beaux ſpectacles où l'art, dit-on, ſurpaſſe la nature, en l'imitant. Avant que la toile fût baiſſée, je baillai. Une orgie nocturne m'attendoit au ſortir d'un bal galant..... Eſt-ce là le plaiſir, me demandai-je, en regagnant mon aſyle ſolitaire, où veilloit ma compagne. Cela ſe peut; mais, à coup sûr, (du moins pour moi), le bonheur n'eſt qu'ici.

LEÇON XCI.

L'INCRÉDULE CONVERTI.

LES livres de pluſieurs philoſophes m'avoient rendu incrédule, au point de nier toute divinité, & une vie à venir. Mais, en méditant ſur l'état actuel de la ſociété, je retournai bien vîte à la croyance de mes ancêtres & de ma nourrice. En voyant le quart des hommes ſervi par les trois

autres

autres quarts, j'eus beſoin, pour ne pas me laiſſer aller à l'indignation & au déſeſpoir, j'eus beſoin de croire qu'apparemment un Dieu avoit décidé, de ſa certaine ſcience & pleine puiſſance, qu'il y auroit un monde où les trois quarts du genre humain ſerviroient l'autre quart; & que, par la ſuite, il y auroit un autre monde où le grand nombre de ceux qui ſervoient, ſeroit ſervi, à ſon tour, par le petit nombre. Si j'ai mal conjecturé, ſi ce n'eſt pas là tout-à-fait le plan de conduite de la divinité, je ne ſais plus où j'en ſuis. Le chaos qui, dit-on, précéda la création, n'étoit rien, ſans doute, en comparaiſon de celui qui regne ſur la ſurface de ce monde créé : & l'enfer, dont on me menaçoit après ma mort, ne peut pas être pire que la vie qu'on mene dans une ſociété dont les individus ſont tous libres & égaux, & où cependant les trois quarts ſont eſclaves, & le reſte eſt maître.

LEÇON XCII.

L'ÉPÉE ET LA LOI.

EN ce tems-là; l'épée & la loi ſe diſputoient entr'elles ſur le droit de préférence. La loi prétendoit que les hommes, avec elle, n'avoient pas besoin de l'épée; l'épée soutenoit qu'elle donnoit à la loi toute sa force.

Témoin de cet *alter-cas*, un sage leur dit : Calmez-vous. Tant que les hommes seront des enfans imbécilles ou furieux, ils auront un égal besoin des services de l'un & de l'autre. Votre empire n'est pas prêt de finir. Cependant, à quoi serviriez-vous, si les hommes étoient plus éclairés, ou seulement s'ils vouloient s'entendre ? Vous n'êtes sortis que de leur foiblesse ; & j'aime à croire qu'un jour, (je n'en verrai pas l'aurore), tous mes semblables rougiront de s'être servis de vous.

LEÇON XCIII.

DIALOGUE ENTRE LE SCEPTRE ET LA HOULETTE.

LA HOULETTE.

TU es devenu bien orgueilleux, depuis que tu es d'or. Jadis nous ne faisions qu'un. As-tu oublié que nous étions du même bois ?

LE SCEPTRE.

Tu parles de loin. Mais, depuis que j'ai profité des circonstances, tant que les hommes voudront bien courber la tête ſous mon poids, je continuerai à peſer ſur eux. Vas! un peuple eſt plus aiſé à conduire qu'un troupeau. Les hommes ſont encore plus debonnaires que les moutons.

LA HOULETTE.

Mais, à la longue, le joug peut ſembler lourd. Si on venoit à le ſecouer; ſi on venoit à briſer le ſceptre, & à ne permettre aux rois que l'uſage de la houlette!....

LE SCEPTRE.

Je ne crains pas plus cela, que de voir le ſceptre paſſer entre les mains des bergers.

LA HOULETTE.

Prends-y garde. Il ne faut qu'un inſtant d'humeur. Les Dieux ont déjà vu leurs ſtatues d'argent, métamorphoſées en vaiſſelles plattes. Un jour pourra venir, où l'on fera du ſceptre un hochet, une marotte dont le peuple s'amuſera.

LE SSEPTRE.

Le peuple eſt un enfant trop vieux & trop grand.

LA HOULETTE.

Vah! le tems me vengera de tes dédains.

LEÇON XCIV.

En ce tems-là ; un berger ſe pavanoit en marchant à la tête de ſon troupeau. Il ſe diſoit, chemin faiſant : Les moutons ſont nés pour les bergers ; rien de plus certain! Il eſt clair que la laine qu'ils portent , fardeau incommode pour eux pendant l'été , eſt pour habiller le berger en hiver. Le lait des chevres eſt moins pour élever leurs petits , que pour déſaltérer le berger. Ils paiſſent , ſans doute , pour être ſervis plus gras ſur la table des bergers.

Ce propos du berger, entendu par ſes moutons, mît le comble à leurs mécontentemens , & les porta à la derniere extrêmité. Ils tinrent conſeil. Avons-nous donc beſoin d'un berger pour paître, ou pour faire des petits. ? Comment vivions-nous avant de ſortir des bois; nous étions moins ſoignés mais plus vigoureux qu'aujourd'hui.

Pendant le ſommeil du berger & des chiens, les moutons convinrent de prendre la fuite ; & de gagner la forêt voiſine , pour y vivre , comme ils vivoient dans l'âge d'or. Ce qu'ils firent.

LEÇON XCV.

LA COURONNE D'OR ET LE CHAPEAU DE PAILLE.

EN ce tems-là ; un roi n'avoit en ce moment-là que ſa couronne d'or pour garantir ſa tête des rayons brûlans du ſoleil d'août, à midi. Un pauvre berger n'avoit pas d'aſſez grands yeux pour contempler cette couronne d'or. Le roi lui dit : eh bien ! changeons enſemble. Donne-moi ton chapeau de paille pour ma couronne d'or. Le berger n'héſita pas. Mais, peu de tems après, ſe ſentant brûlé par le ſoleil, il dit au prince : je défais le marché, j'aime encore mieux mon chapeau de paille, qui me met à l'abri, que votre couronne d'or qui brûle au ſoleil, mais qui ne garantit pas de ſes rayons brûlans.

LEÇON XCVI.

LE SOLEIL ET LA MONTRE.

EN ce tems-là ; quelle heure eſt-il (demanda un jour à un vieux berger un jeune roi égaré dans la campagne) ? Prince ! il eſt midi au ſoleil. --- Pour toi, (reprit le jeune prince) mais pour moi, l'aiguille de ma montre n'eſt qu'à la onzieme heure ; iroit-elle mal ? Non ! (s'écria quelqu'un de la ſuite du monarque). Certainement, c'eſt le ſoleil qui ſe trompe.

Le berger, homme de ſens, s'éloigna en hauſſant les épaules, & diſant tout bas : vous avez beau dire & beau faire, tous tant que vous êtes à la cour ; le tems ne va pas plus ou moins vîte pour les rois que pour les paſteurs. Chacun à ſon horloge ; mais il n'y a qu'un ſoleil pour tous.

LEÇON XCVII.

LE TOMBEAU DES ROIS.

UN paſteur Nomade rencontra un jour dans es courſes de belles ruines d'un édifice antique, retraite des oiſeaux de paſſage. Il en viſita l'intérieur, trouva beaucoup plus de place qu'il n'en falloit pour s'y loger commodément lui & ſon troupeau. Il réſolut d'y établir ſa demeure ; il étoit d'âge à ſe fixer. Il appliqua à ſon uſage tout ce qui ſe rencontra ſous ſa main. Maître de ces lieux abandonnés depuis pluſieurs ſiecles, il diſpoſa de tout à ſon gré, certain de n'être point troublé dans ſa propriété.

Un ſavant, envoyé à grand frais par le prince régnant, pour faire une recherche exacte & une deſcription détaillée de tous les monumens antiques qui ſe trouveroient dans ſes États, n'oublia pas dans ſon voyage Pittoreſque les ruines qui ſervoient d'aſyle au vieux paſteur Nomade. Il entre, & après avoir porté autour de lui un œil obſervateur, il dit au berger : ami, ſais-tu bien que ce qui te ſert aujourd'hui de maiſon, étoit jadis un tombeau.

LE PASTEUR.

A la bonne heure ; dans ce cas, ce vieux bâtiment reprendra bientôt ſon ancienne deſtination.

L'ANTIQUAIRE.

C'étoit le mauſolée d'une famille ſouveraine.

LE PASTEUR.

Vous ne flattez pas peu ma vanité, en m'apprenant qu'un jour, moi pauvre berger, partagerai la ſépulture des rois. Mais, je l'avouerai, je ne ſuis pas preſſé de jouir de cet honneur.

L'ANTIQUAIRE.

Sais-tu bien que ce vaſe, que tu as converti en ruche, étoit une urne qui contenoit la cendre d'un grand monarque.

LE PASTEUR.

Ah! ah! & les ordonnances de ce grand monarque étoient elles auſſi douces que le miel de mes abeilles? J'en doute.

L'ANTIQUAIRE.

C'étoit un tyran.

LE PASTEUR.

Tout ceci a donc été fait pour un tyran.

L'ANTIQUAIRE.

Oui.

LE PASTEUR.

C'étoit bien la peine.

L'ANTIQUAIRE.

Qu'as-tu fait de la cendre?

LE PASTEUR.

Tu en vois quelque part dans mon foyer; elle ſert à couvrir mon feu; & le reſte à ma leſſive.

L'ANTIQUAIRE.

Tu n'as rien trouvé de plus.

LE PASTEUR.

Je n'ai pas beaucoup cherché. Regardez vous-même.

L'ANTIQUAIRE.

Comment ? Le caveau funéraire de la reine eſt aujourd'hui une étable à vache.

LE PASTEUR.

Pourquoi pas ?

L'ANTIQUAIRE.

Mais je ne me trompe pas. Quoi ! le buſte d'un empereur ſert de contrepoids à la porte d'un berger.

LE PASTEUR.

J'ai profité du crampon de fer que j'y ai remarqué ; deſorte que depuis que je me ſuis aviſé de le ſuſpendre derriere ma porte, ma cabane ne craint plus le vent du nord.

L'ANTIQUAIRE.

Un chef-d'œuvre, dégradé à ce point.

LE PASTEUR.

Cet empereur dont tu admires ici la tête, n'a

peut-être pas fait autant de bien ſeulement au monde, que ſon buſte m'eſt utile en ce moment.

L'ANTIQUAIRE.

J'ai ordre du prince de l'emporter.

LE PASTEUR.

Emporte, mais je veux un dédommagement.

L'ANTIQUAIRE.

Quelqu'il ſoit, il te ſera accordé.

LE PASTEUR.

Eh bien! pour ma récompenſe, promets-moi de dire au prince que tu as vu la cendre d'un grand roi ſervant à la leſſive d'un berger, ſon urne cinéraire converti en ruche à miel, & ſon buſte de marbe ſuſpendu derriere la porte d'une chaumière. Tu diras auſſi à la reine que le caveau de ſon aïeule n'eſt plus aujourd'hui qu'une étable. Tu diras tout cela.

L'ANTIQUIARE.

Oui, oui!

LE PASTEUR.

Tu n'oubliras rien.

L'ANTIQUAIRE.

Non! non!..... Voilà un berger qui ſeroit mauvais courtiſan.

LEÇON XCVIII.

LE ROI-BERGER.

CONTE PASTORAL,

PAR LE BERGER SYLVAIN.

PENDANT les fêtes consacrées aux déguisemens, un bon roi, jeune encore, se fit berger. Un chapeau de paille sur la tête, une houlette à la main, le visage couvert d'un masque, il sortit précipitamment de son palais, débarrassé de toute sa suite, & ne gardant pour l'accompagner, qu'un de ses plus fideles sujets, devenu son intime ami. Dans cet équipage, il prit le chemin des champs & alla se fixer dans le fond de l'une de ses provinces les plus agréables. Il se mêla aussitôt parmi les pasteurs du lieu. Une bergerie venoit de perdre son possesseur; il en fit l'acquisition, pour se livrer tout entier aux douces occupations & aux plaisirs purs des bergers. Il sembloit qu'il fût né pour cette condition paisible. Son nouvel état lui plût tant, qu'il oublia bientôt les honneurs de la royauté, & ne s'apperçut point que les fêtes consacrées aux déguisemens étoient passées.

Cependant l'inquiétude regnoit à la cour du prince. On vit même des courtisans pleurer. On chercha le roi partout où il n'étoit pas. Il n'y eut que ceux qui l'approchoient de plus près & qui soupçonnoient ses goûts, qui s'aviserent de parcourir les provinces & de se disperser dans les campagnes. Ils le trouverent enfin à la tête d'un toupeau, caressant son chien & chantant un air gai.

Prince! que faites-vous!...... Reprenez votre sceptre & remontez sur le trône. Vos sujets vous attendent; & la princesse que le dernier traité de paix vous destine pour compagne, arrive. Venez!..

Mes amis! c'en est fait! vous venez un peu trop tard. La houlette me semble moins lourde que le sceptre. Mon chapeau de fleurs pese moins sur ma tête, qu'une couronne. Et je suis plus à mon aise sur ce siege de gazon, que sur un trône d'or. Mes sujets ne peuvent jamais m'être plus fideles que mes moutons, & que le gardien de mon troupeau. Et je doute que la princesse que le dernier traité de paix me destinoit, me plaise davantage que la pastourelle que mon cœur vient de se choisir. Quand on a été roi & berger, & quand on a le choix entre l'un ou l'autre, on reste berger.

LEÇON XCIX.

LA REINE-BERGERE.

CONTE PASTORAL.

ZERBIN.

JE l'aurai fait attendre. Doublons le pas. Mais qu'apperçois-je, près de la fontaine.... Ce n'eſt pas elle. Qu'elle eſt cette femme ſi richement parée? J'aimerois bien mieux y voir ma Zerbine, avec ſon chapeau de paille couronné de fleurs. Elle devroit y être, cependant. Approchons.

ZERBINE.

C'eſt lui. Comme il va ouvrir de grands yeux. Je ſuis ſûre qu'il ne me reconnoîtra pas.

ZERBIN.

Je n'oſerai jamais. . . . . C'eſt ſans doute la fille d'un roi.

ZERBINE.

Ne lui parlons pas d'abord. Mais faiſons lui des ſignes.

ZERBIN.

Eſt-ce bien à moi que ce geſte s'adreſſe ?..... Suis-je bien ſeul ici ?.... Avançons.... Qu'ai-je donc à craindre ? Grande princeſſe, pardonnez... Mais je ne me trompe pas. C'eſt toi, ma Zerbine. Quci ! . . . .

ZERBINE.

Eh oui ! c'eſt moi ; c'eſt ta Zerbine. Ta ſurpriſe & ton impatience ſont extrêmes. Écoute !.... Comme tu vois, je ſuis arrivée la premiere au rendez-vous.... Ce que n'auroit pas dû permettre mon cher Zérbin.

ZERBIN.

Je n'ai pas eu le courage de quitter mon perc que je ne l'aie vu endormi.

ZERBIRE.

C'eſt bien!... Que je te raconte mon avanture! Je t'attendois ici avec une proviſion de fruits & de laitage comme nous étions convenus. Pour abréger le tems de ton abſence, j'eſſayois la chanſon ſi tendre que tu me donnas à ma fête, & dont je ne ſais pas encore bien l'air. J'en étois à peine au refrein qui me plaît tant ;

Si Zerbin étoit roi,
Zerbine feroit reine.

quand je vis accourir une femme grande comme moi, mais d'une beauté fiere & imposante.

ZERBIN.

Elle n'avoit pas tes graces, j'en suis bien certain, sans l'avoir vue.

ZERBINE.

Ne m'interromps donc pas. Elle s'avance vers moi précipitamment.... Je me recule par respect & aussi par crainte. Elle étoit éblouissante, mais elle avoit l'air égarée. Jeune bergere, me dit-elle, bannis toute frayeur & conserve-moi la vie. Tu vois une reine, précipitée du haut de son trône chassée de ses États & poursuivie par des ennemis acharnés. Le soleil est déjà sur son déclin, & depuis son lever, je n'ai pas encore pris de nourriture. Je lui dis : si du lait, des fruits & un gâteau étoient dignes de vous.... Donne, donne toujours. Et je la vis dévorer ce que nous devions manger ensemble. Ce n'est pas tout, reprit-elle, changeons d'habits, à l'instant. Les momens me sont chers. Et en même-tems je la vis jetter sur le gazon ce sceptre d'or & cette couronne de diamans, que tu vois., & aussi ce beau manteau d'écarlate qui me pese tant sur les épaules. Je l'aidai à endosser mon vêtement de lin qui fût un peu étroit pour elle.

ZERBIN.

Je le crois. Eſt-il deux femmes au monde qui aient la taille ſvelte de Zerbine.

ZERBINE.

Laiſſe-moi achever. Elle s'empara de mon chapeau avec ſes fleurs, & de ma houlette avec la guirlande que je voulois garder à toute force. Mais il ne fut pas poſſible. Ma chere, me dit-elle, il faut que l'illuſion ſoit complette. La richeſſe de mes habits te dédommagera du ſacrifice. Tu pourras faire le bonheur du berger que tu aimes, en lui apportant pour dot tous ces tréſors.

ZERBIN.

Nous n'avons pas beſoin de tout cela pour nous aimer.

ZERBINE.

C'eſt ce que je lui ai répondu. Mais elle me quitta preſqu'auſſi-tôt, en m'embraſſant & en m'ajoutant ; bergere, n'envie pas le ſort des reines. Adieu. Souviens-toi de moi. Je ne t'oublierai jamais. Puiſſé-je te donner bientôt de mes nouvelles.

ZERBIN.

Zerbine !

ZERBINE.

Eh bien!

ZERBIN.

Retournons vîte au hameau. Il ne feroit pas prudent que nous reftions dans les champs avec ces beaux habits. Ceux qui pourfuivent la reine t'enleveroient fans examen, & peut-être... Allons nous en fans tarder. Je crois déjà les entendre.... Comme tu es belle, ma Zerbine!..... Mais je fens que je ne puis t'en aimer davantage.

ZERBINE.

Et moi, quand bien-même je ferois effectivement reine, comme j'en ai l'air, je fens que je ne t'en aimerois pas moins.

ZERBIN.

Veux-tu permettre à un pauvre berger de t'offrir fon bras.

ZERBINE.

Ah! Zerbin! viens! que je te ferre dans les miens!

ZERBIN.

Mais qu'as-tu donc aux doigts?

ZERBINE.

Ce ſont des anneaux & des pierres précieuſes.

ZERBIN.

Qu'allons-nous faire de tout cela ?

ZERBINE.

Je n'en ſais rien.... Il me vient une idée. Il faut conſerver toutes ces belles choſes ; quand cette pauvre reine me donnera de ſes nouvelles, comme elle me l'a promis, nous ne lui renverrons tout cela, que ſous la condition de me rendre ma guirlande.

ZERBIN.

Ah ! Zerbine ! . . . . .

ZERBINE.

N'en ferois-tu pas autant, pour ravoir le nœud que j'ai attaché à tes beaux cheveux ?

ZERBIN.

Ah ! ſans doute.

Tout en converſant ainſi, ces deux amans cheminoient vers le hameau. Mais, quel moment pour Zerbin. Des gens armés ſe jetterent ſur Zerbine..... Cependant inſtruits de leur mépriſe, & touchés de la naïveté de ſes réponſes, ils paſſerent outre, ſans perdre de tems. Arrivés au village, on accourut en foule du plus loin qu'on les apperçut. La nouvelle circula en un moment. On aſſiégea la cabane de la mere de Zerbine. Les bergeres ſur-tout ne pouvoient ſe laſſer d'examiner d'un œil avide, toutes les différentes pieces d'habillemens de la paſtourelle, qui ſe mit à ſon aiſe, le plutôt qu'elle put, en ſe couvrant de l'un de ſes habits ordinaires. La ceinture de pierreries, le collier de perles à pluſieurs rangs, les cercles d'or, les pendans d'oreilles, les boucles, les agraffes, la couronne ſur-tout, tous ces différens ornemens royaux paſſerent tour-à-tour de main en main. On en eſſaya quelques-uns. Malheureuſement il faiſoit trop nuit. Les plus coquettes brûloient d'impatience d'aller ſe regarder ſur le plus prochain ruiſſeau. Cette ivreſſe dura pluſieurs jours. Les vieillards de la contrée ſe perdoient en conjectures, & ſe faiſoient écouter des jeunes avec l'attention la plus ſuivie. Quelques-uns d'entreux, en maniant le ſceptre, ſe dirent : il eſt bien lourd. Ce ſceptre peſe plus que nos houlettes.

Zerbine ne fut pas long-tems ſans entendre parler de la reine. Un jour on la vit venir accompagnée d'une ſuite nombreuſe; mais elle voulut entrer ſeule dans le hameau. On la conduiſit chez la mere de Zerbine. Là, elle raconta comme elle avoit eu le bonheur de ne point être reconnue ſous ſon traveſtiſſement, comment elle pénétra juſque chez un ſouverain allié à ſa maiſon. Comment elle l'intéreſſa & en obtint un ſecours pour remonter ſur le trône, & punir l'uſurpateur. Cette reine courageuſe ne s'étoit annoncée dans le village que par ſa ſuite. Car pour elle, elle parut devant Zerbine avec les habits de cette bergere. Zerbin qui étoit préſent, lui dit : grande reine, vous venez ſans doute reprendre vos riches vêtemens. On vous les a réſervés intacts ; mais vous ne les aurez, ajouta vivement Zerbine, qu'en m'apportant ma guirlande. — Tu parois bien attachée à cette guirlande. — Autant que vous à votre couronne. — Puiſque cela eſt ainſi, garde mes habits ; car dans mes courſes, je n'ai pas conſervé ta guirlande. — Zerbin, oh non ! reine trop généreuſe. Remportez tous ces tréſors. Si juſqu'à préſent nous avons échappés à l'envie, nous le devons à notre indigence. — Mais du moins, demandez-moi quelque grace : tout ce que vous déſirerez, vous ſera accordé. — Écartez à jamais la guerre de notre hameau paiſible : nous ſerons toujours aſſez heureux. Et pour conſerver la mémoire d'un événement qui nous ſera toujours cher, puiſque l'iſſue vous a été favorable ; qu'on éleve près de la fontaine, où vous avez rencontré Zerbine, un monument durable, ſur lequel on liſe ces mots:

ICI
UNE REINE
FUT TROP HEUREUSE
DE DEVENIR
BERGERE.

La reine ſe prêta au deſir du berger, & tous les ans, tant qu'elle a vécu, ne manqua pas de venir en pélerinage à la fontaine, & d'y célébrer une fête champêtre, ſous les habits de bergere.

LEÇON C.

L'ORIGINE DU PUITS DE LA VÉRITÉ.

PARABOLE.

EN ce tems-là: la vérité fut arrêtée aux barrieres de la capitale des Sybarites. La belle enfant, lui dirent les commis, que contient cette balle cachée ſous votre manteau? --- Des livres étrangers. --- Bons à confiſquer; & vous, condamnée à l'amende. --- Mais je ne poſſede rien. --- Eh bien! nous allons nous ſaiſir de votre perſonne. ---

Et ils alloient exécuter leur contrainte par corps; mais dans le voisinage du bureau des entrées, la vérité apperçut un puits ouvert. Pour éviter une esclandre & la perte de sa liberté, elle aima mieux se précipiter au fond du puits, où elle est encore; personne jusqu'à présent n'ayant osé l'en retirer.

FIN.

ACHEVE D'IMPRIMER LE MOIS DE MARS 1976
SUR LES PRESSES DE GRAPHICA SIPIEL
A MILAN, POUR LE COMPTE DE

EDHIS

EDITIONS D'HISTOIRE SOCIALE
23, RUE DE VALOIS - PARIS, 1er

LE TIRAGE A ETE LIMITE A 150 EXEMPLAIRES
NUMEROTES SUR PAPIER VERGE A LA MAIN
ET 30 EXEMPLAIRES HORS COMMERCE

EXEMPLAIRE N°